U0720589

B

READ AND BE BETTER

.

2012 ｜ 晴日共剪窗

2014 ｜ 诗遇上歌

我 想
和 你
虚 度 時 光

程 璧
CHENG BI

2015 ｜ 我想和你虚度时光

早生的铃蟲

金子美鈴童詩集

程璧
Cheng Bi

Hayaumare No Suzumusi

Kaneko Misuzi
Rhyme

2016 ｜ 早生的铃虫——金子美铃童诗集

Cheng
Bi

Ever
Walking

程璧

步
履

不
停

2017 ｜ 步履不停

2019 ｜ 然后，我拥抱你

SONNET AND SONG

SHAKESPEARE | SZYMBORSKA | DICKINSON | WORDSWORTH | HEINE | SHELLEY | ROSSETTI

2020 │ Sonnet and Song

MY WORLD FOLK SONG

青 色 瞳 孔 的 姑 娘

我 的 世 界 民 谣 选 集 / 程 璧

2021 ｜ 青色瞳孔的姑娘——我的世界民谣选集

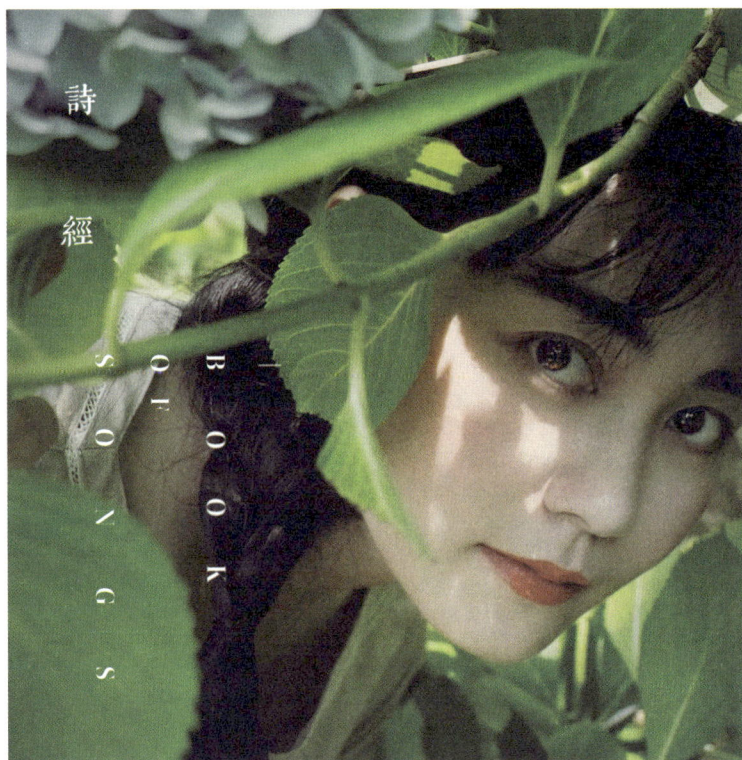

詩經

BOOK OF SONGS

2022 ｜ 诗经

肆意生长

程璧

——

著

GUANGXI NORMAL UNIVERSITY PRESS
广西师范大学出版社
· 桂林 ·

序　回首千山路，一曲满庭芳

鲍勃·迪伦唱道：

　　一个人要走多少路，才能成为一个男子汉。

这里换成女人也一样。对于任何一颗不甘于平庸的心灵而言，上下求索的青春，坚定不移的前进，是唯一的信条。

却顾所来径，苍苍横翠微。岁月不会辜负勤勉跋涉的人。往事如烟，总有一天，会酿成一曲满庭芳。

程璧的这本书，正是如此。

这条清澈见底、淙淙流淌的民谣河流，源头是自民国时代便是大家闺秀的奶奶，爱高声诵读唐诗的爸爸，还有山东乡村广阔的沃野。从幼时学剪窗花起笔，离家去省城上大学，进京考研上北大，东渡日本闯东京。千回百转，似有祖辈隐隐的期望在血液里震荡。

从容的文字后面，一定暗藏着深夜枕畔的眼泪。只不过男儿有泪不轻弹，女儿家也一样。其中种种不为人知的苦恼，真是：知我者，谓我心忧；不知我者，谓我何求。那些不足为外人道的隐泣，或许化成后来的某段感伤的旋律，便成就一曲新歌。

另外，这本书里，还可以读到一个年轻学子的心路成长历程。怎样选择喜欢的工作，怎样把审美趣味和事业结合在一起。能玩会赚钱，工作与生活，两不亏欠。之后，日子升华为赏心悦目的花朵。静水深流，成为人母，优雅地转身进入生活的更开阔的河段。

所以，这也是一本人生经验闪闪发光的励志之书。

更重要的，这还是一本民谣歌手的珍贵的创作谈。

程璧讲了她音乐创作的源泉：现代诗的滋养，中国古代文化的熏陶，生活里灵感的迸发，还有写歌弹琴唱歌的体会……好多的私货、干货、经验之谈，无保留地分享给读者。北岛、西川、顾城、海子、张枣、宫泽贤治、金子美铃、谷川俊太郎、索德格朗、辛波斯卡等等，都曾是她生命中的灯塔。还有古老的《诗经》给她全新的现代的启迪。

厚积薄发，触类旁通，数不尽的树木沉入地下，才形成了一块煤，燃烧发热。一位歌者创作一首好歌，并最终把它唱出来，大体也该如此。

每个民谣歌手虽生长于故乡的土壤，受益于母语文化的浇灌，但最终将是属于全人类的，应该有人类视野。要走出狭隘的舒适区，就像年轻人总要走出家门，直面世界的茫茫风沙，投入无尽的天长水阔。

走过千山万壑，奔流入海不复回。
任何一位歌者，最终都要融入人类现代文明的海洋。

程璧有这样的眼界，曾经沧海，依然本真。
属于她的那片大海，海水正蓝，曙色尚早。

好好写，好好唱，好好爱。
我们都喜欢你，程璧。

2024 年 1 月 28 日晨
写于京都

目录

秋

适合读诗的季节

在故乡

四岁开始，我和奶奶住在乡下一个普通的北方小院儿，日子很安静，阳光很好。院子里的葡萄和豆角，不知不觉就熟了。奶奶会唱歌，时常哼一首小曲；会古诗，教我念"白鹅曲项向天歌"。那时的我，还不懂诗歌里的意味，只是觉得这些字连起来读，很好听。一遍一遍跟着读，直到把这些句子不知不觉记住。

到了年末，她会带我去集市买些薄纸，挑选不同的颜色，剪几朵窗花。她教我将纸折叠，然后简单几剪，展开后就是一朵六瓣小花。于是我学她的样子，很快便剪了三两朵，觉得好有趣，还央求她教我新的花样。

后来开始读书，学习诗词格律。我想象着那时的日常样貌，也试着写出几行："庭前花木满，院外小径芳，四时常相往，晴日共剪窗。"庭院花开，小院芬芳，与亲邻好友睦然往来，闲来剪几朵窗花。

后来奶奶去世，翻旧物，找到她当时的日记，写："天气晴朗的日子，我和小孙女坐在院子里摘棉桃。小孙女很灵巧，可爱。教她一遍，就学会了。"还有一页，写："小孙女绕着石榴树一圈一圈地跑。我刚来到这里的时候栽下的这棵树苗，如今已经和她长得一样高了。"这些我记忆里已经淡薄的生活场景，被她用温柔而平常的笔触记录了下来。

奶奶生于 1924 年，幼年受过良好的家庭教育，后来又接受了完整的大学教育。

我很好奇，像她这样一位既是传统的"大家闺秀"，又是有知识有文化的现代女性，在周围无人识字的农村环境生活下来，是怀着怎样的一种心境。

她的父亲，是民国时期家乡的状元，被当时的燕京大学（也就是现在的北京大学前身，后来我也有幸成了校友）法律系录取。毕业后跟随部队入关，于是举家南下。

奶奶是在大学期间，认识了她的爱人，我的爷爷。爷爷祖籍山东，二人从相识到相许，打算一起回到爷爷的家乡山东，从事教育事业。然而时代的洪流终不会放过他们，奶奶这边的家庭背景，以及爷爷家族的地主成分，让他们在后来的日子吃尽了苦。

在我的父亲只有十二岁的时候，爷爷去世了。奶奶独自一人，寄身乡下，默默承受着命运的捉弄，把年幼的三个孩子拉扯大。

这样的她，却可以在那么多年以后，栽种下一棵小树苗，看着四岁的我绕着它一圈一圈地跑，教我读唐诗宋词，以及在夜晚昏黄的台灯下拿出日记本，悄悄地用笔记录下这些。

这样的她，度过了无数苦难长夜，却仍然用最柔软的心和善意去对待这个世界。

小时候的我不懂这些，只觉得祖母是世界上最温和、典雅的人。她的仪态永远那么周正，即使无外人在场，她在家里也永远端坐着，不倚不靠。

后来我想，大概这是她的幼时习惯吧。言传身教下的熏陶，让她在后来遇到种种不堪、足以心灰意冷的日子里，依然保持了一份体面和尊严，依然可以有诗心。无论生活如何涂抹，如何使人蓬头垢面，也阻挡不住一颗继续用温柔和诗意来对待生活的心。祖母就是这样的一个人。她留意季节变化的每一个信号，春分谷雨，细腻地感受着、记录着生活。

这样的性格色彩也潜移默化地出现在我身上，让我往后的日子都离不开这份诗意的滋养。从十几岁开始到二十岁出头的年纪里，我的日子几乎都是在远离故土的他乡度过的。求学生活里，远方对我来说成为日常。我用笔写诗，记录下这司空见惯的离别。

我在那首《早春的诗》里面，写道：

当我又一次转身 / 告别站台那边张望的目光 / 又要说再见了 / 故乡 / 我用手抚摸父亲温热的脸颊 / 没有掉下一滴泪。

也许那时的我已经对于这样一次次远赴他乡的生活，感到一种无奈，却也深知，鸟儿总有离巢的那一天。在"告别"成为生活主题的日子里，二十五岁那一年，我离开北大燕园，带着一把古典吉他，只身一人去了东京。白天像所有刚刚毕业的大学生一样，穿着正式的衣装，匆匆跑过地铁和人行横道。而夜晚，我带着我的古典吉他，在东京的某个角落开始歌唱。那时候的歌唱，那些自己写下的旋律片段，是为了安抚自己的内心。如果每天没有这样一段时光，真的觉得日子就只剩下循规蹈矩的麻木和重复了。

再后来，我认识了一位旅日诗人田原，他用中日双语写作，翻译过日本国民诗人谷川俊太郎的作品。他带我去谷川家里拜访，一边包饺子一边读诗。还介绍我认识了中国诗人北岛和西川，在这个时期我开始阅读大量的现代诗作，并且开始尝试用古典吉他为这些诗歌谱曲。

律动和旋律不断积累着，直到一天午后，我和诗人朋友们一拍即合，决定就这样做一张为诗歌谱曲的音乐专辑。于是有了《诗遇上歌》，收录了谷川俊太郎的《春的临终》，北岛的《一切》和西川的《夜鸟》，以及旅日诗人田原的日文诗作《枯木》和土耳其诗人塔朗吉的《火车》。

《诗遇上歌》这张音乐专辑如今有很多人听到。我也带着这些歌从东京回到这片熟悉的土地，和那些喜欢诗歌的人一起，边走边唱。虾米音乐做了一期"当诗遇上歌"的音乐专题，里面写道："有人说，诗歌是上个世纪的礼物了。而歌，从一开始，就是一首首诗的模样，谱了曲才成了歌。诗歌也因此永远不会沉沉睡去。"里面列了一份歌单，有莫西子诗为诗人俞心樵谱曲的《要死就一定要死在你手里》，有周云蓬为诗人海子谱曲的《九月》，有齐豫为三毛谱曲的《橄榄树》，还有我为诗人北岛谱曲的《一切》。

为诗歌谱曲，这样做的歌者从来不止我一个。生活里有诗和远方的人，也从来不止我一个。我想，诗始终藏在每个人的内心深处。诗人西川说，在这个世界上摸爬滚打习惯了，感觉自己似乎已经变成了一个铁石心肠的人，不轻易展露自己的情感给别人看。可是总是在某个时刻，毫无预料地，自己内心最柔软的地方就会被一下击中。

这是他在我的专辑发布会上，听到我为北岛谱曲的《一切》时说的话。他说拿到专辑，在开车回家的路上，听到这一首响起，那些沉重的记忆落在干净的声音上，他的眼泪一下就掉下来了。

我始终觉得，诗人是人类在这个世界上最好的一种存在。他们思索人生，但比起哲学家的思索，少了些严密和干枯，多了些情感和生动。他们有那么多人类的缺憾，种种的不完美，却又那么可爱。他们会说出那些让人一读就不会再忘记的句子，落成了诗篇，就成了永远。从古到今，从李白、杜甫，到海子、顾城。

我喜欢那些浓度不过高的词语组合。我喜欢那些生活中稀松平常的意象。我喜欢在那些稀松平常的意象里，突然出现一些平常读不到的字眼。我喜欢那些让我有画面感的句子，喜欢看它们一行一行有节奏地展开，跳跃着，不管是波萨诺瓦还是圆舞曲，只要有自己的步伐。

我喜欢读完后仿佛时间过了很久的诗。

有多少人，来到这个世界，收起自己的任性和天真，投身到无边的生活里，为人世间的细琐而忙碌。可他们甘愿。

而又有多少人，为了那自由和想象，从不甘寂寞，执意地寻找，出发，旁若无人地活。他们也甘愿。

没有哪一种是好，没有哪一种是坏。

记得谁说过，年轻时候做过很多错事，走了弯路，可是生命如果不这样浪费掉，也还会有其他的浪费方式。只要当时的你甘愿，就好。

而甘愿成了后者的那一类人，就是诗人。

我的童年：一半祖母的规范，一半乡野的奔放

我的童年是很有冲突感的。

一半是来自祖母的规范，一半是来自乡野的奔放。

祖母出生于 20 世纪 20 年代，是一位民国时期的大家闺秀，传统、温柔、严于律己，写得一手好字好文章。而我们生活的地方，是一个靠近黄河的北方小镇。地处平原，有着大片的麦田和玉米地。

那里很安静。日子很慢。很多人都并不读书认字。家家住平房，四合院落，东西南北屋，围起来一个大大的院子。

我与她一起生活。她的一些文化修养以及审美，不知不觉渗透进了我的生活里。她会教我念唐诗宋词，会教我用正确的执笔姿势写毛笔字。小时候，邻居家小孩五颜六色的塑料发卡，我羡慕着，说想要。她却说，那不美。

慢慢地，在她的教育和引导下，我也开始变得近乎"知书达礼"。但又因为身在最靠近土地的乡野，文化气息淡薄，家家户户种地耕田。我那与生俱来的、自然而然的"野生本能"，也会偶然冒出来。

某一年秋天，庄稼成熟了，我和邻居家小朋友们路过玉米地看到，兴奋地摘了好多。那时候年纪还小，纯真到竟然没有"偷"的概念，还兴高采烈大张旗鼓地拿回家，说可以煮好吃的甜玉米了。

祖母看到，脸色一下就变了。在我记忆里，那是一次很严重的事件。她真的生气了。晚饭时间，我在外面罚站。并且，她命令我把那些"赃物"全部扔进垃圾堆。

秋

那些新鲜的刚刚成熟的玉米，就这样被遗弃在肮脏的土坑里。让人心疼。那个画面，如今依然清晰地印在我的脑海里。那一刻，我懂得了自己行为的愚蠢。我很懊悔，因为本能的贪念，让这么好的东西被糟蹋了。

这样的插曲，有过一次，就再也没发生过了。在她的悉心呵护下，我慢慢长大，去外地求学，离开了那个我长大的北方小院子，离开了她。大三的时候，她也离开了我，在八十四岁的年纪。

庭前花木满，院外小径芳，四时常相往，晴日共剪窗。

这首小诗，是后来我在回忆儿时的时候写下的，关于那个小院子里的日常生活。院里院外花草遍布，一年四季有邻居来串门，晴天的时候她会教我剪窗花。那么明亮、单纯、美好。

再后来，这首诗变成了我的一首歌。每次演出，总会唱起。每当我唱起，都会被拉回那段温柔的、乡野的、生机勃发的幼年时光。一半是祖母古典的诗情画意，一半是那片原始的庄稼土地。

后来，在我的性格、审美以及人生观、世界观里面，始终有着温柔文艺的她和朴实深厚的土地的滋养。看似截然不同的两者，竟然有了奇妙的融合。它们组成我精神的原点。

读书时候写了一首小诗，关于那片北方的土地。后来把这首诗当作独白，加进了《树啊树》这首歌。

麦浪

六七岁那年在故乡
走小径绕林间
与儿时友一路跌撞

如今他们的模样
都已经模糊
却忘不了
抚平北方土地的风
也落在脸上
平原无尽的绿
清冽的正午日光
纵情翻滚的麦浪

秋

我的父母：当浪漫停驻于日常

1

我的父亲，出生于 1948 年。

在他一岁的时候，全家人准备一起乘船前往中国台湾。就在启
程前夕，他得了一场中毒性痢疾，眼看就要性命不保。那时候的救
命药是青霉素，但比金条还贵。于是家人把船票换了金条，买到了
药救下了他，留在了大陆。

我父亲常说，是他的那一场病，影响了一家人的命运。我宽慰
他说不要想太多了，就接受命运的安排吧。也许全家当时要乘坐的
船，正是那艘沉没海底的太平轮。

和父亲一起看过《太平轮》这部电影，很宏大又很抒情的叙事，
音乐也十分迷人，看着看着像是要被历史的旋涡吸进去。大历史背
景下小人物的命运，那么令人唏嘘，不忍细细琢磨。

在父亲十二岁那年，爷爷去世。父亲作为长子，带着尚还年幼
的弟弟妹妹，和奶奶一起撑起了这个家。

他记得小时候偷偷上街去卖地瓜，那时候还不太被允许。奶奶
蒸好了一大锅地瓜，软软香香的。他背着出门刚到街上，就被大队
里的巡查员发现。

他记得那个大人一把抢过他的包裹，一脚一脚把地瓜全部踩烂。

说这句话的时候，他的眼眶又红了。一个人在孩童时期所受的委屈，是会记一辈子的吧。

即使这样，他始终是一个不服输且诗情浪漫的人。

小时候他背着我出门走路，唐诗走一路背一路，从没停下，一首接一首。我都好奇他怎么会记得住那么多首。直到他七十岁了，一发感慨还是会引用古诗，开始吟诵。

现在我们在生活里听到谁念诗，仿佛都觉得难为情，觉得这个人好做作啊。但我知道父亲确实是真情流露，不是为了卖弄。记得和陈丹青先生在一次关于诗与歌的对谈中，我聊起过这段。他说，那是因为他是你的父亲。

我知道他身上的文艺特质，离不开小时候跟着奶奶的耳濡目染。奶奶的一身文艺气质，就这样贯穿了我们三代人。

我问父亲，那么爷爷是个怎样的人呢。父亲说，只记得他写一手极其好看的毛笔字，特别娟秀的小楷。其他印象都很模糊了。

他时常说羡慕我，生在这样的年代。回忆自己小时候，他都没有上学的资格。后来他自学过一点医，自学了法律，考取了律师从业资格证，在五十六岁正式执业。

他性格里是有傲气的。也许是小时候的那种不公平待遇，更加让他不甘人后。生活拿走了本该属于他的一部分，也补偿了另一些给他。一副天生抗压的好身体，一点基因里的聪明劲儿，还有一点点对艺术的审美力，可以让他在现实喘息。

他特别容易感动，一激动就热泪盈眶。

秋

他时常说，自己是一个情感脆弱的人。我理解。对艺术、审美有所感知的人，哪一个又不是呢。敏感是天赋，却也是最折磨人的东西。

2

我的母亲比父亲大四岁，是个朴素的家庭妇女。

她的家庭经历不像父亲那么动荡和压抑。生活在农村，家里有三个姐妹和一个弟弟。姥爷是乡里的教书先生，一家人过着很简朴却体面的生活。

她是经历过大饥荒的人。偶尔还会跟我描述，那时候人们饿得把地里的野菜、树皮都吃光了。后来每个月领到一点地瓜干，每家妇女就想着办法掺和着其他杂七杂八的东西，可以勉强维系一家人一个月的生计。有的人家一顿就全吃光了，剩下的时间只有等着饿肚子。那时候街上的小孩，因饥饿导致浮肿，躺着不敢动。因为一动就要消耗，就会饿。

她的生活习惯可以说是克制而节俭。即使我们都长大了，生活条件好了，她还是觉得粗茶淡饭最香，从不奢侈铺张。

她没有读过书，认识的字不多。可种地、干活一点不输给男人。极其勤劳，操持着所有家务。每当父亲在一边吟诗"卖弄"，她就皱眉翻个白眼，笑着在一旁默默做手里的活。

她和父亲是完全不一样的人。只是在媒妁之言谈婚论嫁的年纪，遇到了，互相看着还算顺眼，就这么走到一起，磕磕绊绊大半生，互相扶持着，照顾着生活和我们。

像寻常夫妻一样，年轻时他们经常吵架，老了以后也时常拌嘴。母亲年轻时，和父亲吵起架来完全不输架势，撸袖子谁怕谁。上了年纪，开始变得小女人一点，委屈流泪数落父亲的不是。

父亲几乎这辈子都没进过厨房。最多也就是自己煮一碗清水面。我跟母亲说，这还不都是你惯的。她就点点头，表示认栽。在山东那一辈人里，这样的家庭模式似乎很常见。母亲的一生，就是大部分传统女性的一生。度过了短暂的孩童期，嫁人后起早贪黑干活，忙里忙外，照顾着一家人的饮食起居。

作为现代女性，我理解不了，也过不了她的生活。如今提倡女性主义，女人也有自己的事业可以做，有自我实现的那部分。我自己也是这样。这种自由来源于时代的进步。而也许她也知道，自己没有更多的教育和选择机会，只能服从于命运，并甘之如饴。

她不抱怨什么。她觉得父亲懂的比她多。她只是做事。让我们吃饱穿暖，冬天她亲手缝制的棉袄永远松软厚实。每天把家里清扫得一尘不染，守住她日常生活中的体面。

我偶尔会想，人的一生，女人的一生，应怎样度过才是正解？是否结婚、是否生子，不婚或者婚后又应该过怎样的生活？

没有标准答案。母亲过的生活不是我的理想，但又有一部分是我所认可的。包括对琐碎日常的恒久耐心，对生活的不厌其烦，还有对孩子们无微不至的照顾。如今我也有了自己的小孩，懂得了这种照顾意味着怎样的付出。

人无论过哪一种生活，只要自己心甘、情愿，并过得踏实安心、有所期待，不是每日消沉、焦虑、内耗，就是好的生活。

3

在这个世界上，父亲对女儿的爱常常是无须多言的。

我的父亲对我的爱是什么样的呢？就像他天天念叨的，"捧在手里怕掉了、含在嘴里怕化了"。就是这么肉麻兮兮的话都能理直气壮说出口的，毫不遮掩的，率真强烈的爱。

我有两个哥哥，都比我大十岁多。父亲一直对外人打趣地说，养了两个傻儿子。而我还是襁褓里小婴儿的时候，他就抱着我串门，逢人便说，快看我闺女，将来可是要读清华北大的。

那时候的亲戚朋友都笑他，后来等到我真的去了北大，亲戚朋友都笑着来跟我重念这段往事。

小时候，一到冬天，家里就买一麻袋苹果，储存着过冬。那时候在山东，冬天唯一的水果估计就是苹果吧，也可以说是中国北方普通家庭可以轻松吃到的水果。即使是这样，这一麻袋苹果哥哥们也没有机会吃。他说，这是给女儿的专属。

现在想起来确实很不好，对哥哥们实在不公平。可是小时候一点也不这么觉得，自己一个人吃得理所当然、理直气壮。"恃宠而骄"的那一部分性格估计也是来源于此吧。但这么一说又好像是责任推卸给了父亲似的。

不过话又说回来，我的性格里自信的部分，毋庸置疑，离不开父亲的贡献。

在我感到伤心、受挫、心情灰暗的时候，跟他打个电话，一切都烟消云散了似的。读书时，电话里听到他最多的鼓励的话，就是"一定要有一个好的心态"。然后开始背诵那段"天将降大任于斯人也，必先苦其心志，劳其筋骨"的古文，只为了让我得到宽慰。

母亲说，我还是个被布袋包裹着的小婴儿的时候，一听到音乐就开始蹬腿儿。父亲就兴奋雀跃到不行。后来我大了一些，读小学的时候，参加了学校舞蹈队，在家也一听到音乐就跟着节奏瞎跳，自编自演一些舞蹈。别人来家里做客了，他就打开录音机，那个年代还是用磁带，放一首杨钰莹的《茶山情歌》。

欢快的节奏让人心情很好，我也跟着跳，给客人表演。大人们都很开心，家里的氛围也很愉快。那也应该是我收到的最初的掌声吧。

我做音乐之后，写了一首歌给他，2019年收录在《然后，我拥抱你》这张专辑里，歌曲名字叫《父亲种下的花园》，歌词是这样的：

> 春天他告诉我 / 在院子里种下了花
>
> 把冬天沉睡的荒草 / 全都清除了
>
> 还新布置了 / 一块绿色的菜园
>
> 每天都会观察 / 植物的生长和变化
>
> 已经七十岁了 / 也不怕长途旅行

秋

有喜欢做的事情 / 经历了岁月沉浮

偶尔却也困惑 / 还像个孩子一样

和我一起聊聊 / 那些人生谜题

在我还是襁褓里 / 一无所知小婴儿的时候

他就认定 / 女儿会是他一生的骄傲

电话里有时他会说 / 有时他不说

我也知道那句话是"什么时候回家"

父亲给我的爱，就如同是在我的心里种下的一座花园。这个花园永远充满阳光，温暖美好。每当遇到"刮风下雨"的时候，我就把自己想成花园里的小花小草，需要雨水的灌溉和滋润而已。就像后来我翻译的宫泽贤治那首诗《不畏风雨》，"不畏风，也不畏雨"。

还有那句我一直当作座右铭的句子："你的心是一座花园，不要让它荒芜。"

在当时那么简陋的农村生活环境里，没有马桶，没有热水器冲澡，洗碗没有自来水。而这些一点也不影响童年时代我的心里充盈着对文艺的向往，以及某种美好的可能。这份美好，来自父亲的浪漫，来自母亲的踏实，也来自奶奶的温柔典雅，来自他们面对生活种种考验和不堪的时候，选择了"向着明亮那方"。

这就是我的童年，我的家人。

我的求学路："做题家"的艺术

是否想成为艺术家，是不是每个人都这样问过自己呢？

从艺术家联想到的关键词，比如有灵感、浪漫、自由、洒脱……这个问题自然有更多现实层面的考虑，比如有没有天赋，能不能过上安稳的生活。但很多时候这部分基因如果真的存在，它会推着你往前走。

如果人身上有一些东西是与生俱来的，我想，艺术基因应该属于此列，但不一定是来自遗传。也许还需要外界的一点激发，才能萌芽显现。

1

在我小的时候，因为和一个文艺气质浓厚的人，也就是我的奶奶一起生活，还没等这部分基因觉醒，就被带领进入了一片审美的场域。一切稀松平常的事，都被她蒙上了一层温柔的文艺滤镜。

开始上学之后，我喜欢语文大于数学，喜欢画画课、音乐课、舞蹈课，喜欢各种各样的表达。学校里的每一个文艺活动我都不想错过，都是自己主动报名参加。

回想起在镇上，从小学读到初中的七年里，简直是活跃度一百分：进过舞蹈队，扎起麻花辫儿，跳各种民族舞；进过合唱团，当指挥，还吹过竖笛；进过军鼓队，跟着队列穿上帅气的制服打鼓，去市里参加汇演；报名演讲比赛，几乎每次都是冠军；出黑板报，教室后面的墙、教室侧面的墙，都被我一一上色；还在各种晚会担任主持人串场。

回想起来，精力怎么那么旺盛啊。还记得一位同窗，给我写的毕业留言上的一行字："你总是那么兴致勃勃。"

那时候确实就是跟着感觉走，想尝试一切，也没想过什么未来的人生方向。只是觉得好有趣，学校里的生活原来可以这么好玩。几乎没请假过，因为生怕错过了什么好玩的事。

父亲说，大概我六岁的时候，有个舞蹈剧团经过我们这，看到我觉得是个好苗子，想带我去培养。想了想，他们感觉不放心，没舍得送我去。

虽然积极投身于各种课外文艺兴趣活动，但我确实也没耽误学习，考试各门功课都说得过去，作文还经常满分。到了初中后半阶段，开始准备考高中的时候，我把精力更多放在了学习上，遇到了很好的鼓励我奋发学习的班主任，不知不觉竟成了全校第一名。

初中那时候我个子依旧很矮，身体发育慢，走在路上特别像个小孩，去办公室老师们喊我"小程璧"，可能也是一种爱称。我成了家长口中的"别人家的孩子"，精力全部都用在了学习上，无暇顾及其他。

人设就这样从文艺积极分子，转身变成了"学霸"。

2

等待中考成绩的闷热夏天，一个午后接到电话，我得知了自己的分数，顺利考入了山东省重点高中。我从家乡小镇，第一次到了家乡附近的小城，也开始了离家的寄宿生活。

这里是全市最好的一所高中，而我的成绩居然还在全市前五十名，于是被分进了唯一的重点班。

而这却是我三年痛苦高中生活的开始。

为什么说痛苦？以前的我，虽然说喜欢文化课，但是那种没觉得很费力的喜欢，轻轻松松就能考第一名。而到了高中，我发现自己费尽了力气，在宿舍规定的熄灯时间后偷偷在被窝里拿手电筒夜读，曾经那么好的视力也熬成了近视眼，结果在班里也就是二三十名，偶尔还会掉进四五十名。

用现在流行的词，真的太"卷"了。

这个班里集合了全市最会学习最会考试的五十个人。把这样一群人集合在一起再互相竞争，虽然是一种激励机制，现在回想一下却觉得很残酷。

想要再考一次第一名的"惯性"在，但是发现做不到。以前觉得理所当然的位置，就这样不属于自己。人生第一次感觉到了天花板，同时失去了一些自信。尽管再挑灯夜读，再认真做题听课，也没办法考到理想的分数。

多年以后，我像个旁观者一样，更客观地回看那时候，会觉得自己好傻。这个班里的第一名可是全市第一啊，和原来的小镇上的第一名完全不是一回事。我当时应该没有那么大的野心吧。而那时的我完全意识不到这些，只是觉得没像过去一样考到班级前几名就是退步了，就不放过自己。

那时候班上有几个同学选择了离开这个班级，甚至转学了。而我，到了高二面对文理分科选择的时候，还是继续留在了这个归属理科的重点班。一是家里的观点："学好数理化，走遍天下都不怕。"再有就是害怕：离开熟悉的班级和老师，去一个新的集体从头适应，总觉得是落败而逃。这可怕的自尊心。

然而数理化并没有选择我，继续留在理科班确实不是一条正确的赛道。高中后半阶段的课程越来越吃力，试卷上的题目越来越看不懂，整个人接近抑郁的边缘。人生第一次感到前所未有的压抑、枯燥。在高强度的竞争和日日与人比较之下，身心俱疲。

曾经我喜欢的那些文艺之事，好像早已经忘记了。曾经那么热爱的事，一下跟我的人生没关系了。我不知道可以走艺考这条路，而且我没有接受过任何正式的绘画或者音乐训练，家里的经济条件也不允许。

我必须要先过高考这一关才行。而我知道以自己的理科分数，在山东这个激烈的高考大省，已经无缘清华北大。最初被父亲种下的梦想和骄傲，就这样在现实前濒临破灭。

3

然而命运在关闭一扇门的时候，也会打开一扇窗透亮。这句话是真的。

当我备战高考、被数理化试卷习题百般蹂躏到接近绝望的时候，有一天班主任走进教室，说山东大学有一个小语种自主招生的机会，我们作为重点班有几个名额。可以去校园直接参加考试，只考语、数、外，合格了就会被山东大学录取。

不用参加高考，也就相当于提前保送了。

以我当时的情况，语数外的成绩总体确实还是不错的，尤其两大语言类，作文常常被当作范文。语言这方面我从小都学起来不费力，也对外面的世界充满好奇。外语专业，挺适合自己。拖后腿的主要是物理化学，如果能够不用考这两门，负担瞬间小了很多。

我感觉有一点被吸引，但也有一点犹豫。就这样放弃参加高考了吗？对大学校园的幻想就这么定下来了吗？我的专业，我的人生方向也要就此确定了吗？

回去跟家里一商量，我爸立马说，当然去啊，离家又近，又是山东最好的大学，多好的机会。

我记得那是第一次去济南，小镇姑娘第一次来到省会，第一次走进山大校园。参加了三场考试，没有感觉到什么压力，回到学校很快就得知被录取了。

得到这个消息的时候，我正在死磕一道怎么也不明白的物理题。被班主任叫出去后回来，再看到这张物理试卷，就已经变成了废纸。

那时候学校还拉了横幅喜报，就在学校南侧院墙，面对着大马路，我们几个被录取的名字并排，红底白字。我心里一半是高兴的，看着还在积极奋战的高中同学，一半感觉自己仿佛是逃兵。

后来那一年高考成绩出来，山东大学的高考录取分数线，理科要 670 分。如果我参加高考，完全够不到这个分数。

这就是上天给我打开的那一扇小窗吧。压抑的高中生活，选错的理科赛道，但就是这个偶然的机会，如救命稻草般让我提前上了岸。

4

告别了高中生活，转身进入大学校园。山大的洪家楼校区，是很古典的。不是现代化的那种教学楼，是传统中式飞檐建筑，沉稳而优雅，树木环绕，学术气息浓厚，其中一座就是我们的外国语学院。

学院的小语种课程包括日语、法语、俄语、德语，我被日语专业录取。家人也觉得就选日语，他们的理由特别简单：日本离家最近。

虽然我父亲天天跟人家喊着女儿是清华北大的苗子，但落到实处、真正的考量里占第一位的还是希望女儿不要离家太远，包括学校、工作，差不多就好了。就像很多传统父母一样，比起儿女飞得高不高，离家近、安稳的生活，将来能时常回家，一家人其乐融融才是他们的理想愿景。这种传统观念给我的影响也是很大的。我后来的生活，就是在不断转身离开的过程中，满怀对家人的眷恋和离别的遗憾。

日语学起来，比英语更容易上手。第一节课老师就带着我们把五十音图背下来了。也就是日语的基础拼音吧。会了这五十个音，所有单词就都会读了。我感觉日语发音是所有语言里面相对简单的一种。但到了后面深入学习之后，发现语法会变得复杂。动词的变形特别多。

读大三的时候，考过了日语国际能力一级和全国专业能力八级，都是日语专业的最高等级。之后开始思考自己的就业和将来。这几年的大学本科生活，主要还是围绕课业考试，专心学习一门新的语言，其他的还没来得及好好感受。未来如果只会语言这一项技能，进入外企做重复乏味的工作，隐约觉得这不是我的人生理想。

我还想继续在校园里深造，我要经历一次真正大的考试，我要考研。

有一天，在北京大学官网的硕士研究生课程里，我看到外国语学院日语专业有一位导师名叫滕军，她研究日本传统文化艺术，开设一门讲中日文化交流史的课程，我对与我们共通的东方审美十分感兴趣。因为我发现可以通过这样的方式，重新接近我所喜爱的那些文化艺术。

像是没经历过高考的不甘心在作祟，我找来无数的专业学科资料钻研，挑灯夜读，全力以赴。在家人都对我这个选择抱着"试试看而已"的心态、不太相信我可以实现这个愿望的时候，我收到了北京大学的硕士录取通知书，还附带一份最高额度的奖学金。

5

回看自己的求学路程，说曲折也曲折，说顺利也顺利。

在拿到北大录取通知书那一刻，我感觉自己终于从考学这件事的重压与束缚里挣脱出来。迈过了这道门槛，"小镇做题家"一边好像是完成了对家人的交代，一边也达成了去往理想学府的愿望。曾经丢掉的那部分自信心似乎也回来了，接下来我终于可以自由去做自己真正想做的事了。

而我自己真正想做的事情是什么呢？当我叩问内心，还没有具体答案。

也许我想重新接近那些我曾为之着迷的东西，那些文艺和美的部分。但我并不是把艺术当作梦想的人。艺术给我带来纯粹而直接的愉悦，我只希望能够靠近就好，却不知道它接下来会与我的人生发生怎样的关联，我亦没有太多执念。

我偶尔会想，如果在六岁那年家人送我进了那个舞蹈剧团，如果当年我在初中没有过"学霸"的光环、没有进入那个全市高中重点班，如果我在文理分科的时候不那么执拗地选了理科，如果我知道高考外还有艺考这条道路，而且家里也能够有条件支持……可是这些都只能是如果而已了。

那时候能做出的选择，每一个都是人生中关键的岔路口。回头看，一切是好是坏，都写在剧本，都无法改变。可以期待的，只有明天的事。

拿到北大的录取通知书，我终于可以去到最向往的地方，开始寻找新的自己，开启下一段未知的人生了。这种充满期待、跃跃欲试的感觉，让人觉得日子鲜美而甘甜。

在北京

2009 年，初到北京，一切都是全新的开始。

北方的气候还是差不多的。冬天照样干燥，冷冽。最低温度比我的家乡山东要低，因为纬度更靠北一些。吃的东西也挺相似的。和山东饮食有某种接近。包子、大饼等各种面食，在街上的小餐馆和学校食堂也都能吃到。炒菜的话，京酱肉丝、酸辣土豆丝、西红柿鸡蛋汤，这些也都是我小时候喜欢吃的。

再就是北京的著名小吃胡同（儿）卤煮，其实我也很喜欢。还有河北驴肉火烧，酥脆又鲜嫩，搭配一碗热乎乎的蔬菜汤，简直完美一餐。后来合作的音乐人朋友李星宇，刚认识那会儿，他特别意外我竟然喜欢卤煮这么重口味的食物，让他有种反差感。他只听我的歌，生活里没接触过，觉得我应该是不食人间烟火只吃草喝露珠的仙女儿。

北大的氛围，和我想象中差不多。校园很美，是那种古典园林似的美，再加上厚重的文化积淀。园子很大，从南门到北门骑自行车要很久，许多教学楼是原来的古建筑，也有些是新的现代建筑。博雅塔、未名湖，镶嵌其中。

北大外国语学院仍然是一座坐落在绿意葱茏中的古建筑，和山大外国语学院的那座古建筑有几分相似。都是红顶传统飞檐，青砖墙体，苍翠欲滴，大气沉稳。偶尔我还会有些恍惚。

住进女生宿舍，四个人一间。室友有日语系的，也有德语系的。日语系的室友和我一样来自山东，考研来到这里。德语系的室友是北京土著，本科就在北大。回想起来有趣的是，德语系的她，那时候追星，喜欢日本偶像团队"岚"。而我们两个日语系的人，完全对此不感冒。

好像在此之前，我从来没有追过星。跟着哥哥听磁带的年代，喜欢听一些流行歌曲，但也就止步在听一听，旋律哼一哼，对唱歌的人从没深度感兴趣过。

1

就这样开始了新的校园生活，我又回到了自己当年"兴致勃勃"的状态。研一的生活主要围绕着课业展开。专业课是我熟悉并感兴趣的领域，日本文化涉及历史、宗教、艺术，受中国文化的影响特别大，而这些也都是我希望去探索的。

还在山大的时候，我选修过一门全校通选课：中西方文化通史，在里面第一次接触到了儒释道这类宗教领域。那时候给我的冲击力是很大的，尤其是道家的部分。因为从小我所接受的教育，可以说都是山东儒家式的，有形无形都会受到影响。现在还会看到互联网上的段子，开山东人的玩笑，说在山东父母眼中的正经职业，只有公务员。说的好像每个山东人都是半个孔子门生，都要心系苍生，怀揣着"修身齐家治国平天下"的大志。

而当我遇到了道家的部分，读到并开始懂得体会老子、庄子写下的那些话，是那么自由、可爱，深得我心。老子说福兮祸兮，庄子说游鱼之乐，都教会我换个角度看世界。

同时我也知道了儒家如同太阳，道家更似月亮的隐喻。当你精神饱满积极入世往前冲的时候，儒家思想会给你很多的现实处世指导。而如果你感到累了需要心灵休憩的时候，道家的很多思想，又会给你如月光般的滋润以及默默陪伴。

道家是出世的，更接近艺术的。我也隐约感觉自己，是更偏爱后者的。

在北大对我影响最深的两位老师，一位是我的日语系导师滕军先生，一位是美学系的朱良志先生。

导师滕军先生是一个对艺术和审美有着自我见解的人，并且在学术和生活中都有所实践。她研究日本茶道、花道、香道，并且在家中开设了一间茶室，亲自示范，带着我们修习其中的简单礼法，深入体会。

每次看到她，微笑起来让人感觉特别美好，如沐春风。严肃中又有一点俏皮。本科的学弟学妹们都亲切地喊她"滕奶奶"，她在全校开设了一门通选课，名为"中日文化交流史"。还会在暑假带着同学到日本实地考察。

除此之外，我还给自己选了其他学院的通选课，包括艺术学院的中国艺术史，哲学院美学系的西方美学课，还有朱良志老师的中国美学课。

可以说朱良志老师是我艺术道路上的重要领路人，但也许他并不知道这一点。他的课场场爆满，过道上都挤满了人。而我，就是茫茫人海中一个外系来听课的小小学生，也许他并不记得名字。听他的每一堂课，我都有一种醍醐灌顶的感觉。他讲课的时候行云流水，古诗词一句接一句，用如诗如画般的语言，让我体会到什么是"云在青天水在瓶"。

当年这门课的结业论文，我写的是中日美学对比相关的内容，涉及禅宗和枯山水艺术。打开期末成绩系统，朱老师给我打了95分的高分，比我的专业课分数还要高。我感觉到被认可和肯定。

从那时候起，我默默地给自己种下了一颗种子，我一定要做跟"美"相关的事，要么是美学的研究者，要么是美学的实践者。

2

研二期间，我意外获得了去东京半年的国际实习生机会。是去日本企业佳能（Canon）公司，而那时候我正痴迷于一款佳能的中古胶片相机。

要说回自己对艺术的"博爱"，真的只要是跟美相关的，视觉听觉都喜欢。其实还在大学本科期间，我已经开始在豆瓣上接触到了很多喜爱胶片相机的文艺青年，大家有一个社群小组，叫"相机生活"。会在里面发一些平时拍摄的生活和日常风景，我常常为其中几个人的镜头下的光影着迷。

胶片的颗粒感，按下快门不可修改的瞬间感，都让拍摄这件事充满艺术感。而与此同时，胶片相机所拍摄的日常风景，让我看到了现实生活之外的另一种美。是那种会被忽略的美。

这也和我的审美意识深深契合。

从那时候起，我开始留意"日常"这个字眼。宏大叙事之外的那种细水长流。

这个实习机会，不仅可以让我更近距离接近我所好奇的与相机相关的一切，而且让我第一次感受东京，这座以后会与我的人生不断发生交集的城市。

我带着满心的期待，和学生时代独有的轻盈感，和不问来路也不担心明天的纯真，乘坐飞机打开了新的世界地图。

半年的实习生活，可以说十分轻松有趣。因为不是正式员工，没有那种在编的压力。因为还是学生，允许试错。因为还是外国学生，更加得到照顾。当时办公室的每一个前辈，都很亲切，耐心教我各种基础的办公室工作，打卡、写表格，还会带我去品尝当地美食。

被公司前辈第一次带去聚餐，是去寿司屋吃传统日料。各种新鲜的生鱼片放在一团白醋浸泡过的米饭上，只蘸一点点芥末和酱油，体会舌头味蕾的探险。对我来说，这确实是一场探险。从小哪吃过生的鱼肉啊。山东基本全都是河鱼，黄河鲤鱼都是红烧糖醋。没想到，入口除了味道有点淡之外，居然就是很甜很鲜，肉质软绵绵，没有一点腥味。这种感觉很新奇。

当时印象极为深刻的，是一道我怎么都不敢入口的寿司，饭团上放的是刚剥开的虾肉，肌肉还在条件反射般活蹦乱跳。我放弃了尝试。实在是太生猛了。

除了自己所在的工作部门，我还加入了佳能写真部，是一个佳能社员的兴趣小组，有点像大学里的学生社团。在里面我认识了后来保持交往已经十年的好朋友，裕树和森川。回想两个人深深吸引我的特质，就是那种艺术和自由的感觉。他们一个是相机设计师，一个在市场部。工作内容其实都不是真正从事艺术创作，但是他们在工作之外对真正热爱之事的追逐，触动了我。

他们收集各种各样的中古胶片相机，除了佳能，还有奥林巴斯、富士等各种机型。有的造型非常酷。我们组成了"东京相机生活小分队"，周末约起来出门，边漫步东京，边按下快门。

东京夏天有花火大会，公司所在地二子玉川附近有大片的河堤草地，还有各种古建筑庭园，各式各样的文艺咖啡馆，童话绘本咖啡馆、黑胶唱片咖啡馆……跟着他们在这个城市漫游，这让我感觉非常浪漫。

有一次，我们去到森川家里做客。他突然从卧室里拿出来一把吉他。然后就轻松地弹了起来。那一刻，吉他弦震动，发出柔软的声响，音乐布满了房间，光线也很柔和。我感觉骨子里的音乐基因被重新唤醒了。

多年后再回忆那个下午，像是感觉到命运之门就在那时被开启了。为什么在此前很多场合我也接触过音乐，听过弹琴，都没有那么深刻的感动呢？确实很奇妙。

也许并非那个场景将我唤醒，当我从北京到东京，越来越靠近喜欢的事情、越来越放松，获得一种自由去追逐自己真正所爱的事情，命运才带领我最终抵达那一刻。

命运在那一刻告诉我，封存多年的文艺基因已被重新唤醒，我该出发了。

3

结束实习生活，回到北大继续读研，新学期学生社团招新，我果断加入了吉他社。

吉他社里开设民谣班，由学长杜凯担任老师，针对我这样的零基础选手，从最基础的内容开始教。杜凯当时在艺术学院读硕士，是 Mr.Miss 组合创始人之一，另一位是考古系的刘恋。我们在吉他社短暂相遇。后来他们毕业后也一直坚持做音乐，最终获得了金曲奖的专业认可。

第一节课，在教会我们那届民谣班第一个和弦 C 和弦的时候，杜老师说，其实一个和弦也可以写首歌。我很惊讶，也觉得很有趣，跃跃欲试。回到宿舍里一边练习按出这个和弦，一边开始试着哼一些旋律，没想到真的有了。这后来成了《你们》这首歌的雏形。

秋

第二节课，杜老师问，谁试着用一个和弦写歌了，可以给大家弹弹看。我居然就举起了手，颤巍巍地开始在民谣班的同学面前，表演我的吉他处女作。不知道跑调没有，只记得旋律得到了高度的赞扬，以及当时同学鼓励的掌声。

我慢慢开始掌握了更多和弦，左手可以按出大调 A 和弦，小调 Am 和弦，还有明亮的 D 和弦，稍显忧郁的 Dm 和弦，还有常常用到的 E 和弦、F 和弦、G 和弦。而我的右手开始可以弹出越来越多的节奏。比起整体扫弦，我更爱一根一根弹拨吉他上的六根弦，每一根弦细腻的颤动，都给我很多谱写旋律的冲动。

我写的歌越来越多，积攒着居然有了七八首。其中有一首，我填词很顺利，几乎一遍成型，后来我带着这首歌参加了北大十佳歌手比赛，这首歌就是《晴日共剪窗》。

北大十佳歌手比赛，是全校级别的大型音乐比赛。每一年的冠军选手都实力了得。而我坐在台下观摩过一场之后，就默默地想，能否有一天站上这个舞台。我想要像他们一样，唱着喜欢的歌，自信地在舞台上发光。

我在吉他社民谣班的毕业晚会上开始磨炼舞台经验和勇气。因为都是社团里熟悉的自己人，也没有比赛的严肃，可以轻松上台表演。但尽管这样，我还是当众出了糗，拿着吉他弹唱自己写的歌，居然紧张到跑了调。还好后来找回来了，勉强完成了表演。

第二年，我也报名参加了十佳比赛。经历了初赛、复赛，一路冲到了决赛。这离不开身边吉他社好朋友们的加持。我的初赛伴奏吉他手高原，是电吉他技术了得的物理学博士。复赛时候的伴奏也是他，我们一起表演，翻唱了东京民谣组合羊毛和花的歌曲。后来在东京联系上组合成员羊毛，并一起合作歌曲，还说起了当年这件事，感叹缘分的奇妙，当然这都是后话了。

北大十佳决赛舞台上的表演，也是吉他社的朋友们和我一起完成的。我们组成了一个小小乐团，有吉他、贝斯、鼓、大提琴。想来这是我的第一支舞台乐队。演奏者都是我的北大同学。他们有的来自生物系，有的来自化学系，有的来自国际关系学院。多才多艺的他们，竟然愿意帮助刚刚开始尝试写歌的我，登上这个最初的舞台。

第一轮我唱的歌曲是 *Hush Little Baby*，一首非常传统并耳熟能详的英文摇篮曲。我们的编曲是参考马友友和 Bobby McFerrin 的音乐大师版本，我偶然在网上看到现场视频，觉得非常灵动可爱。但可能我过于紧张，没有表现出乐曲该有的松弛感，险些被淘汰。所幸最终踩线进入了第二轮比赛。

第二轮，我唱了自己写的那首歌《晴日共剪窗》。十佳歌手比赛非常鼓励原创，评委们都表示眼前一亮，和第一轮对我的评价完全不同，说旋律和歌词都很打动人。分数也很好。

第三轮是抽签歌曲，考验现场发挥，我抽到的歌曲是《那些花儿》，正好是我喜欢的一首歌。我还在现场即兴改了歌词，把其中一句改成了"在这听我唱歌的人你们都好吗"，观众的反响更加热烈起来。

后来我成为比赛的十佳歌手之一，也就是前十名。虽然不是冠军，但我已经非常知足。我是一个没有任何声乐训练基础的人，只是凭着感觉和本能，凭着一点点吉他技能和自己写的歌，走向这舞台。

当时台下的观众里，还有清华毕业的学长，他们正在创业做一家录音棚。他们邀请我去工作室，把这首《晴日共剪窗》完整录出来，而且免费。我欣然前往。在那里也认识了后来一起做音乐的很多朋友。回想起来也觉得，这都只能说是命运的安排。

在北大的生活，即将进入尾声。研三后半，毕业前夕，我把自己写的这些简单的歌，整理了一下，一并录了出来，共九首组成了一张小专辑，名字就叫《晴日共剪窗》。里面主要是由一把古典吉他伴奏，没有更多复杂编曲，这个创意也是来自我听到的东京独立音乐。

有了这张作品，我想举办一场小型的音乐会，也算是给我的大学生活画上句号。地点选在南锣鼓巷的 69 Cafe。在东京实习的时候，我去了很多有趣的可以举办现场音乐会的咖啡厅。后来回到北京，我也开始寻找类似的地方。于是找到了 69 Cafe 的主理人蘑菇先生，他也曾经到访东京。

蘑菇先生真的留着蘑菇头。很多年以后他仍然是这个发型，像在致敬披头士一样，而他的模样也一直是少年。声音小小的，戴着黑框眼镜，喜欢音乐，喜欢美术，仿佛是学校里那种不爱说话但特别有自己一方天地的男生。

和蘑菇先生一番对话之后，确定了演出日期。那是一场非常温馨的小型弹唱会，也是我当众第一次把那么多我写的歌，唱给别人听。到场的有我的北大同学，还有隔壁清华的同学，还有后来认识的音乐人朋友们。现场同步录音还拍摄了视频，后来都上传到了互联网上。

现在当我再看那些青涩的画面，总会觉得汗颜。但那时候不知道哪来的勇气，完全不会害怕什么。

那种自由和成就感无与伦比。

4

可能有人好奇，为什么一边读研究生，一边有时间做这么多事情。其实这很正常。感觉每一个走在北大校园的人，都是三头六臂。保持学业的绩点，同时充分发挥自己的特长，搞社团，体验社会，轻松做到学业与爱好的平衡。

也许多亏了高考所打磨出的学习能力的支持吧，不说每一门获得高分，完成看得过去的绩点是轻轻松松。当你走进这里，会发现身边的人都那么闪光。这种闪光，不是"内卷"，不是说大家都是只会考试的书呆子。而是说整体素质，是不是一个学以致用的人，是不是一个综合能力强、全面靠谱的人。

"思想自由，兼容并包。"蔡元培先生写下的八字校训，就这样刻在骨子里。

我切实体会到的北大神奇之处，就是当你有自己的热爱，你可以去各种讲座、社团充分体验和追求；当你在书上读到醍醐灌顶的话，那些写下这些话的闪光的名字，可以有一天直接在校园听到他的真人讲座。我在北大期间，听过诗人余光中的讲座，听过设计大师原研哉的讲座。原研哉后来对我的影响很大，并且给予我音乐创作最切实的支持和鼓励，具体细节我会写在后面章节中。

参加北京大学正式毕业典礼的那一天，我已经准备好了再次启程。在吉他社的经历告诉我，比起从事研究，我更热爱表达和创造。我没有选择继续读博士，而是庆幸终于可以告别校园生活。相比文化与美学的研究者，二十岁的我，更想成为美学的实践者。

下一站，是我人生中第一次离开校园，开始进入真实的社会和世界。

在东京

说起来，我离开大学校园的象牙塔，第一次走入社会，不是在中国，而是日本东京。

2016 年当在给新歌填词的时候，我无意识地写下了这样两句："抚平岁月的忧愁啊是什么 / 给你温柔的平静的是什么。"这是我对自己内心的叩问。

而东京这座城市，确实曾给过我这样的感受。

1

一提到这座亚洲国际化大都市，大多数人印象可能并非如歌词所写那般温和娴静。东京，像世界上很多国家的首都一样，熙熙攘攘。往往首先浮现于我脑海的，是涩谷新宿十字路口，急匆匆穿梭而过的上班族们。他们有着东方人普遍的面孔，身着西装，系领带，规矩而统一。

而我，也曾经是其中的一员。

秋

2012 年，我在北大毕业前夕，面临着就业的选择。当时几家大型日本公司，包括银行、证券公司、房地产公司，社长们特意按照中国的校招时间安排，乘飞机亲自来北京招聘。

记得是非常严苛的面试。我去北京某栋豪华写字楼面试那天，穿着匆匆在商场里寻觅到的一身面试服，也就是类似那种商务休闲女式西装。干练修身的黑色上衣，配上刚刚过膝盖的黑色短裙，然后是白底条纹衬衫。

这样一身打扮，初初有了サラリーマン（日本工薪阶层、上班族）的一点模样，但又未脱学生气。进门之后，鞠躬坐下，面前就是证券公司社长和助理。社长是位中年男性，个头高大，自带威严。提问不多，就像聊天。如今只记得他最后问我一句，愿意来东京工作吗？我说，愿意。

其实真的没有什么关于证券专业问题的探讨，因为他们知道我们这些日语应届生，在具体金融专业方面都是零基础。只要日语扎实，日本金融证券知识可以从头开始学。后来果然我进入公司后经过三个月的培训，就通过日本证券行业资格考试，拿到了从业资格证。

也许是我当时充满干劲的坚定眼神，以及对未来的异国工作生活无知无畏的态度，让当时的面试官以及社长感到期待。很快就收到了寄来的录取通知，拿到了正式前往东京的工作 offer。作为那一年的日语系应届毕业生，后来得知这家公司在北京地区就只录取了我一个。

我终于松了一口气。那时候对东京这个城市，充满了好奇。因为我学习日语已经七年，可对东京的大部分认知，都来自文字和影像。可以实际地近距离去观察和发现这座城市，令我跃跃欲试。

很多人可能会问，证券公司好像和我想要从事的"美"相关的事毫无关联，甚至是八竿子打不着。是的，我自己也非常清楚。想要做与"美"相关的工作，并获得酬劳，并不是那么容易的事。

我首先需要的只是一个前往东京的工作机会，一份工资，我的热爱可以一步一步慢慢来。同时，我也想看看自己到底有多少可能性。

其实在毕业之前，我曾经联系过国际美学大师，日本著名平面设计师原研哉，投过简历给他的设计事务所。他的极简美学理念，以及《设计中的设计》这本书中的很多观点深得我心，如果能够直接去他的东京工作室上班，那简直 perfect。

能够得到他的联系方式，其实也是一次机缘巧合。我在北大读研二那一年，他正好来中国办大型艺术展"RE-DESIGN——21 世纪日常用品再设计"。我去到展览现场，大为震撼。都是对日常所用最简单之物的重新设计，比如火柴，比如果汁包装盒。但是又比我们平时所见的"美"太多。

这种美，不是过多装饰的美，而是来自大自然智慧的美。比如展览上的火柴，火柴杆不再是整齐划一加工好的木棒，而是天然的小树枝，就像刚刚从外面捡回来。不加修饰的天然的美，特别回归自然。红红的火柴头在上面就像是一朵一朵蜡梅花。我被这份直接的美感深深感动，并对背后的理念深深赞同。

那些司空见惯的事物，居然可以如此不一样。从那一刻起，我很期待有一天可以亲眼见到原研哉，看看他到底是个怎么样的人，能有如此审美想法。念念不忘，必有回响。有一天，我还在北大教室晚自习，建筑设计系的好友程艳春（目前是早稻田大学建筑博士，北京 CPLUS 希加建筑工作室创始人）给我发来消息："你的大师原研哉正在北大做讲座呢，你在哪呢，快去听啊！"我立马二话不说，收起课本，直奔现场。

还真幸亏他这及时的信息，否则可能就错过这次近距离接触的机会，从此和大师失之交臂。也不会有后来听大师跟事务所同事分享我的歌，并自称成为我的音乐头号粉丝这样的可爱故事了。那个夜晚，我挤进了人满为患的教室，站在一个角落怀着激动的心情听完了他的讲座。掌声雷动，讲座结束，我穿过人群，用流利的日语向他提问，给他留下了深刻的印象，得到了他的名片和联系方式。

再之后，我发邮件，毛遂自荐，表示毕业想要去他的事务所工作。他有一点意向，认真问我，你想好自己要成为一个什么样的人了吗？

不过，日本企业的招聘季和中国的毕业季正好错开。当时我觉得，自己不可能毕业后就什么也不做，空半年时间去等待这个渺茫的可能性。于是开始寻找其他的工作机会，就有了开头日本证券公司的面试。

有人说，为什么你不考虑直接做音乐呢？

说实话，我没有这个底气。我只是会弹一点吉他，写一点简单的歌曲。我的专业实力不在这。而且在当时，北大研究生毕业后从事音乐行业，还是很另类的事情。当我的导师知道我从东京辞职真的要去玩乐队搞音乐的时候，半开玩笑道：你即将进入一个"文化低谷"。

我觉得还是从现实入手，先去东京正式工作一段时间，感受一下社会人的生活。而且东京还有那么多我喜欢的独立音乐人，我可以在工作之余接触他们，看看他们如何创作和生活。

当秋风吹起的时候，我乘坐飞机前往东京成田机场。

人生第一次走出学校，成为社会人，居然是在这样一座异国城市，很难描述自己当时内心的期待和兴奋。一切都是新鲜的。甚至机场外的树木，都让我觉得绿得那么明亮晃眼。

后来我发现这里马路上的树叶，的确干净，不染灰尘。这与岛国天然的海洋气候不无关联。海上的风一吹，就把这些尘土都吹走了。在外面走很久的路，鞋都不会蒙尘。东京的纬度更接近上海，所以这里更接近中国南方的感觉。

而一直生活在北方的我，经过高速公路时，看到两边的树叶大多都蒙着一层厚厚的灰尘，绿得发灰，死气沉沉。这里树叶的透亮为我带来一丝兴奋，异国生活即将开启，一切都是崭新的。

2

我被录取的这家证券公司所在地，正是最热闹的涩谷。也是东京楼房租金最贵的几处之一。另外例如新宿、银座这些知名的街区，也常常人满为患。

很快，上班的日子开始了。我每日搭乘电车，前往涩谷站。在著名的站标忠犬八公那里，从早到晚都很热闹，永远是在等待与他人见面的人。每次红绿灯闪烁，等待已久的人群开始熙熙攘攘移动的时候，人行横道上便成了黑压压的一片。据说，每分钟，都有3000人穿过著名的涩谷十字路口。

但与此同时，我每天上班所要经过的一条樱丘小路，让我又感到了不同。

离开车站，穿过天桥，走大概七八分钟，就到了那条小路。之所以叫樱丘小路，是因为这里确实是高耸而起的丘陵式地势。我是从小在北方长大的人，习惯了一望无际的大平原，根本没见过这样走两步就要上坡下坡的情景，何况这还是在一座国际大都市。但正因为有这样柔和的地貌，缓解了这座都市给我带来的紧张感。

甚至在我看来，小山坡地势起伏，是很有风情的一件事。上班族们忙忙碌碌，办公室都在高耸的云端。而这样的起伏，会让每日踩着皮鞋匆匆赶路的都市人，感受到自然和土地的存在。

这里不仅是"丘"，名字里还有一个"樱"字。因为这条路的两边满满排列着樱花树。刚刚到这里的时候，还是将要入秋的时节，并没有特别的感受。但是，当过了一个冬天，春风开始吹拂的时候，这里的树悄悄有了些变化。有一天，我照常挤着早班电车，睡眼惺忪地经过这里的时候，完全惊呆了。

一树一树的花，在一夜之间，全开了。几乎包裹住了树枝，只看得到花。粉白粉白的樱花，顺着马路两排，当有一点风经过的时候，花瓣跟着风飞舞起来，就像落雪一般。

这应该算是我不经意间的第一次赏樱体验吧。在这样忙碌而无趣的日常工作里，带给了我如此美的感动。一下我便爱上了这条每日经过的小路。尽管它是上坡路，当我赶时间想快一点走的时候，总是让我花费更多的力气。

当我身着西装在严肃的金融领域工作的同时，我还带来了我的古典吉他。因为我对东京这座城市的好奇，并不止于那些林立的商务大厦。而其实更多，是那些丰富多彩的艺术与生活。

刚刚到公司那天，我还没来得及去住处放行李，就需要去办公室直接报到。当我拖着大旅行箱，背着双肩包，以及提着那个重重的黑色吉他琴箱出现的时候，我看到了社长惊讶的眼神。我也略微感到难为情，好像自己的小小心思被看穿。

是不是在那一刻社长感到后悔，招聘进来的人好像并不是一心扑在工作上？但那就是当时的我的真实状态：刚刚走出学校，既想挑战普遍意义上的社会精英角色，又不愿意放弃内心的另外一些可能性。

大概是在研究生二年级的时候，我已经学会弹奏吉他简单的和弦，可以写出简单的旋律，填上词，完成一首曲子。但是，我并不认为这会成为我未来的职业。因为我对于音乐似乎也并没有那么"专情"。对于我来说，更广义的人文艺术是一直的热爱。并不仅仅限于音乐。我还喜欢绘画、设计、建筑这些视觉艺术，热爱着诗歌、散文、随笔这样的文字艺术。

所以，我还不能确定。我想在东京找到答案。

于是，当我像这个城市里千千万万的年轻人一样，坐在办公桌前，完成一天的工作之后，晚上的我开始去到另外一些不一样的地方。

3

在来东京之前，我已经对这里的一些独立唱作人深感兴趣。那时候，学习了大概两三年日语，我开始找一些日本有意思的动画和音乐来看、来听。然后竟然像是发现了宝藏一样，找到了很多我深深喜欢的声音。比如，手岛葵、熊木杏里。比如，羊毛和花、汤川潮音、福原希己江、Humbert Humbert。

慢慢，顺着他们平时会去的演出场所，我在东京这座城市里，发现了很多有趣的独立音乐空间、地下 livehouse、音乐咖啡馆。

比如，东京港区南青山，这里有一家非常浪漫的 livehouse，它的舞台背景是一轮大大的满月。所以它的名字叫"月見ル君想フ"，翻译过来就是"望月思君"。在这里，我第一次听到了我喜欢已久的一位唱作人的演出。她的名字叫汤川潮音。

潮音，潮水的声音。在夜晚荡漾开来。美丽的名字，就像她的歌声一样。她是一位具有浪漫主义气质的歌者。她在那家舞台上自若地认真歌唱着，衬着背后月的影子，我终生难忘。

我特别喜欢她每一次的衣服造型。她的演出服估计也都是自己准备，自己最懂自己穿什么最舒服、自在。看得出大部分应该是古着，造型难得一见，有着独特、复古而文艺的气质。估计每一件都是自己在生活里或者旅行中，偶然逛到的小店里淘到的珍贵的"孤品"，仅此一件。每一件又是那么适合她。衣服的品位和音乐的品位一样，也代表着一个人的审美。

我喜爱的这些东京独立音乐人，也都是有着自己独特氛围感的人。每个人的穿衣和音乐风格一样，包括每个人的生活方式，都自成一套体系。

再比如，在距离东京很近的三鹰市，出了三鹰站之后左转走不到十分钟，有一家在地下一层的音乐咖啡厅，名字叫作"音乐的时间"。我在这里第一次遇到福原希己江。后来才知道她便是《深夜食堂》这部热播日剧里，安静地唱着各种食物的那位歌者。

她的歌里都是生活最真实的味道。平淡却又扎实。她美妙的嗓音和手里的古典吉他，搭配得刚刚好。就像这个小小的音乐空间，狭窄的，并不华丽，只能坐十几位观众。舞台上只有一把椅子。背后是一块绿色的黑板，用粉笔字写下"音楽の時間"的模样，周边画了很多可爱的花纹来装点，却有着一种安然的舒适感，让人发自内心的安稳。

店里的人都很和善，在这里，总有回到自己家的感觉。在正式的演出开始之前，店里还为每个人提供了一道特意准备的冬日暖汤。是日本常常可以吃到的"豚汁"。里面通常会有猪肉、萝卜、胡萝卜、绢豆腐、蘑菇、蒟蒻，再加上味噌和七味调制而成。其实是一道日本本土稀松平常的汤，但味道因为每家喜好不同而稍有变化。

那时候喝到，觉得异常浓郁而鲜美。在听到喜欢的音乐人的美妙歌声之前，可以先填一下肚子，满足一下味觉，会对演出更加期待。而这样接地气的家庭食物，冬日里的一碗热汤，对于我一个异乡人来说，更有着一种特殊的慰藉。

再后来，我在代代木公园的野外露天舞台，第一次听到了 Humbert Humbert 的歌。公园里的参天树木翁翁郁郁，而这支夫妇小乐队，也变成了我的心头好。喜欢他们的原因，就是因为他们能把日常生活里的细腻场景，那些夫妻之间柴米油盐的琐碎日子，还有关于孩子们的一切，都写进歌里，而且每首的编曲和旋律都那么好听。

之后他们来中国演出的时候，因为不会讲中文，就准备了大大的卡片，在每首歌与歌之间，表演一段默剧一样的二人情景剧。讲到他们有三个孩子，都是男孩子，一个比一个更调皮。养育小孩的压力很大，所以请大家多多来看演出买专辑支持他们。感觉真是实在又可爱。

这样活色生鲜的音乐人，是我欣赏喜爱的。他们过着和我一样的五味杂陈的生活，让我看到了他们音乐之外的另一面，包括生活里的苦与乐。歌者并不是被包装的光鲜亮丽的商品，过于华美反而会失去真实。

这也是我想要成为的人。

不满足于仅仅在台下做听众的我，也尝试着开始在舞台上，去唱那些我悄悄写下的旋律。我把自行制作的那张小专辑《晴日共剪窗》，递给了许多音乐空间的店长们。他们有点意外，但又兴趣满满地接受了。然后认真听完，给我回复邮件，邀请我试着做一场表演，唱我写下的那些中文歌。

在一个陌生的语言环境下，唱出自己的母语，说实话，感觉很奇特。像是在自己的舒适区里尽情表达，但又会担心台下的人感到乏味。还好这些音乐空间都比较随意，忐忑的表演之后，我会和来看演出的朋友喝一杯，聊聊天。

一位初次见面的听众，也是一位日本朋友说："真的没想到，原来中文这么美。"

就这样，我在这个异乡的城市里找到了自己最初的舞台。我和这边的独立音乐人也渐渐熟识起来，和曾经的偶像成为朋友，一起创作更多的作品，一起表演。这些都是在我的"正装"工作时间之外去实现的。是东京这座城市的丰富和多元，给了我这样的可能性。

那时候，有一件很奇妙的事。每次只要我演出，总会提前收到一束花。到了livehouse或者音乐空间，店老板会递过来跟我说，这是寄给你的。一看邮戳，都是来自海外。匿名空运自中国的鲜花。

印象深刻的，有一次是盛开的白色百合花，还有一次是新鲜的大朵粉色玫瑰。每次我在舞台上忐忑地开始歌唱的时候，一想到这束花，便有了莫名的动力。

我猜想着到底是谁。

后来才知，是一位默默地喜欢着那张自制小专辑《晴日共剪窗》的听众。自那张专辑之后，他一直关注着我，知道我在东京开始工作，开始尝试着自己弹吉他表演。在我最懵懂和摸索的时刻，这样陌生又亲密的肯定，无疑是上天能给我的最珍贵的礼物。

4

我在东京的第二份工作，日本设计中心原研哉设计事务所，代表着日本甚至是世界一流的审美和设计水准，这个团队坐落在东京银座地区。

我期待已久。

经过了在证券公司大概一年的适应期，我终于认清了自己与这个行业的距离。虽然我用三个月的时间就通过考试、拿到了日本证券从业者资格证，但大家普遍意义上认可的"精英"生活，可能并不是那么适合我。事实证明，我没有金融头脑，没有这方面的热情。而且相比统一的西装，我喜欢更自由的着装。我渴望能够在东京找到一份与艺术相关的工作。

而原研哉先生是我非常喜欢和敬仰的设计大师。能够去到他的事务所工作，是我学生时代的理想之一。原研哉先生身上有着浓厚的学者气息，反应敏锐，讲话思辨，也许这与他同时在东京武藏野美术大学开设课程有关。那座学校，是我曾非常喜爱的少女漫画《蜂蜜与四叶草》的原型，也是我向往过的美术大学的样子。

我喜欢读他写的《设计中的设计》一书，里面是他历来的设计作品与展览概念的集合。之外他还有一个身份，无印良品的品牌艺术总监。但原研哉设计事务所门槛极高，其所属的日本设计中心NDC，里面就职的年轻设计师都是平面设计领域的翘楚，美院科班出身，拿到过业界的大奖。而我唯一的优势，可能就是流畅的日语，以及对艺术和审美的一点敏感吧。

他还是给了我这个工作机会。也许是因为那年在北大校园讲座后偶然的结识，以及后来看我真的只身一人来到了东京。对了，忘记了一个重要的细节，在北大那晚，我还把自己制作的那张小专辑《晴日共剪窗》送给了他。没想到，他回到东京真的听了这些歌，等再次见面，他说，已经是我的粉丝了。他的秘书说，他在自己的办公室一直循环播放这些歌，一听就听很久，有时是写作，有时是画设计稿。

我自己都感觉不可思议，如今回想起来，那年命运给的糖是不是太甜了一些。学生时代我最崇拜的设计大师，当我终于来到东京他的身边，他居然说已经成为我的头号音乐粉丝。是不是他也在我的音乐里听到了类似的审美。艺术是相通的。像他这样的世界顶尖审美高手，对年轻人一点点才华的爱护和鼓励，给了我的艺术表达萌芽极大的土壤和信心。

当时事务所有很多中国客户，我以 manager 的身份，发挥语言的优势和对设计的理解，在设计师和客户之间扮演良好的沟通角色。

原研哉曾经说过："我是一个设计师，可是设计师不代表是一个很会设计的人，而是一个抱持设计概念来过生活的人、活下去的人。"这句话让我感动。他的很多理念都给了我极大的启发。

他总是独辟蹊径，看世界的角度非同常人。媒体评价他是以一双无视外部世界飞速发展变化的眼睛面对"日常"。在 2000 年担任"RE-DESIGN——21 世纪日常用品再设计"策展人的时候，他提出了与展览同名的设计概念，即把司空见惯的日常用陌生的眼睛来对待，重新加以设计。他的一些观点，打破了我的一些固有认知，激发了我的很多创作灵感。

而艺术又是相通的，在这里相当于一边工作一边学习，我的音乐创作也越发明朗起来。我刚刚写好的旋律小样，也会分享给他听。他很喜欢，甚至有一首还用在了他所设计的一个广告中。

在东京的生活，变得越来越充实。

那个时候，工作之外，我常常去到代官山的"茑屋书店"，那里被誉为全球最美二十书店之一。代官山本身便是一处非常时尚又有品位的街区，有很多独立设计师店，距离涩谷只有一站地，走路也就是十分钟的样子，但气质完全不同，没有吵闹，更加洗练。"茑屋"，意思就是爬山虎的绿色藤蔓布满外壁的房子。是我很喜欢的意象，也很适合作为书店的名字。

书店白色的外墙由大写的字母 T 的设计概念完成。因为茑屋的日语发音是 Tsutaya，以字母 T 开头，这个设计来自著名设计师 Klein Dytham。无数个白瓷般圆润的大写的 T 编织而成的外墙，像是森林中前卫感十足的白色鸟巢。

而"茑屋书店"四个汉字的 logo 设计，以及书店内的整体导向标识视觉系统，都出自原研哉以及其事务所之手，是在我加入这个团队之前就已经完成的项目。我很喜欢这个设计，稍显宽扁的汉字看起来很有安定感，让人安心。笔画偏细，又显出了些许细腻。包装袋的设计也配合着展开，文雅大方。

而这又不仅仅是一座普通的书店。它的名字又写作 Daikanyama T–Site，以"森林中的图书馆"为主题，整体以三栋建筑连贯构成，横亘其中的杂志大道（Magazine Street）全长 55 米。店内有咖啡馆和座位，在书店的每一个空间，都可以自由携带书籍到喜欢的位置阅读。

这里的总藏书大约有 15 万册，影音馆可出租的 DVD 和 CD 约有 13 万张。有着大量的外文藏书、外文专辑。只要你想得到的音乐作品，这里都能够找到并自由试听。之外，这里还有一些周边区域，比如北村照相机店，收藏着很多中古相机和好品位的数码相机。还有很多舒适的落地窗餐厅，以及为宠物提供服务的店铺。整体空间几乎被植物包围，闹中取静，官方取旨："为在东京居住的人营造出一处复合式的文化艺术生活空间"。

我常常这样度过一个代官山的周末。中午从涩谷慢慢溜达过去，在"茑屋书店"对面的西餐厅，点一份虾或者贝类的海鲜午餐意面，配合着浓郁但又清爽的玉米冷汤，以及新鲜的蔬菜沙拉。

很喜欢这家餐厅的原因，是它的建筑构造，屋顶外面由深棕色的木材搭建而成，里面呈三角形，屋顶非常高，显得空间十分开阔。几乎没有墙壁，全部为明亮的大落地窗。经常会在这家餐厅遇见婚礼。有一次我就坐在门窗边的位置，新郎紧张的表情看得一清二楚。

吃完午餐，就可以直接去对面的"茑屋书店"内，买一杯咖啡或者豆乳拿铁，在喜欢的杂志区翻阅，比如 *Kinfolk*、*Brutus*、*Casa* 这些杂志，还有生活整理术方面的书、料理方面的书，我还喜欢看各种不常见到的海外摄影集。

而音乐区的全部专辑都可以试听，有专门的座位和耳机提供。自己找一个角落，沐浴着午后阳光，可以安静地听一个下午。对我来说，是一个人的时候非常理想的周末了。

5

慢慢地，我在这个城市找到了更多，有关文化艺术的好去处。

比如，市区中心会定期举办很多茶会。把"美"融入日常，茶会中的各种仪式礼法，既是美的表达，又是品行的表达。甚至可以说是一种"修行"。

很多日本前卫的设计思想，其实和传统审美暗合。比如做减法的设计思想，其实和茶道审美有着深深的渊源。而这一点更是我在研究生期间的专业方向。

由大师千利休所奠基的日本茶道，讲究"和敬清寂"，正是一种做减法的美学。茶会时，大家会穿上"着物"（日本传统服装），布料非常讲究和细腻，但没有华丽的花纹装饰，看上去十分低调和素朴。茶室内只安置一枝花，让茶客去想象整个春天；仅放置一碗清水，又隐喻了整个春日湖面。

一处陋室，简单的茅草屋，小到只能弯腰才可进入的门，是对当时权贵地位的一种温柔反抗：也就是说，任何人，只要进入茶室，便忘掉身份，不分等级与卑贱，彼此平等相待。茶道里最被推崇的茶碗，有着乐烧式的漆黑的不规则外壁，是当时千利休请乐家的烧陶人特意制作的。看上去非常不精致，不光滑，流露出手工的痕迹，却独具韵味和厚重感。

这种审美或者说价值观的传达，可以说与我心意十分契合。

茶道之外，那些散落的日式庭园，尤其是寺院里可以领略到十分独特的枯山水庭园，也是我的喜爱之处。所谓枯，是说真的没有活的植物和水，将"简素"发挥到极致。去京都龙安寺时就会看到这样的场景：整个庭园，仅仅用一池白沙和中间放置的几颗石头来呈现。

在日本的本土信仰里面，海洋是民族的精神原乡。原初社会，人们的一切来自海洋，无论是生活道具还是食物。于是白沙便成了海洋的象征。而几颗散落在白沙中的石头，人们把它想象成岛屿。于是，在仅仅数十平方米的狭小枯山水庭园里，看到的却是整个浩瀚的海洋。

此外，有关艺术的巡礼，东京还有很多美术馆可以去逛。在整个日本，大概有美术馆、文学馆、博物馆接近 8000 座。不仅仅收藏人尽皆知的著名作品，也有很独特的小空间，收藏着不为人知的稀有物件。我自己非常喜欢的，有这样几座：

一处是位于惠比寿的东京都写真美术馆。最开始是在佳能设计相机的摄影朋友带我来的。这里会定期展出摄影作品，比如日本著名摄影师荒木经惟的经典之作"伤感的旅行"。那是他和妻子的新婚旅行，而如今妻子已经离开人世。

荒木经惟的第一本摄影书，拍摄的是寻常街道里的普通男孩们。他们在镜头前的表情都是日常的，或者嬉笑，或者不经意地转头，或者调皮地直视相机，不会给人刻意感，非常放松。会感觉到书里面还有着当时热腾腾的日常气息。

除了荒木，我喜欢的日本摄影师还有川内伦子。她在相机镜头下捕捉到的是大量的日常，又非日常。水中张开嘴的鱼，绷紧的细线，剃了毛后耷拉下的鸡头，烟花绽放的刹那……都是常常被忽视的琐碎细节，但在这司空见惯的场景中她捕捉住了那暗暗隐藏着的一股张力。带着一些柔美细腻的女性视角，但又偶尔尽显残酷。

另一处，是位于目黑的东京都庭园美术馆。顾名思义，这里的美术馆本身也是一座非常美丽的建筑庭园，采用的是 20 世纪 10 年代到 30 年代席卷欧洲美术界的装饰艺术风格。看完展览出来后，看到在大片的草地上奔跑的孩子，休息的访客，强烈的阳光，一切都是那么平和，那么美。而且，美术馆会定期举办小型室内音乐会，比如钢琴独奏，提琴演奏。是除了特意看展之外，值得一去再去的地方。

再就是，我去看过《源氏物语绘卷》的五岛美术馆，和第一次看草间弥生的六本木森美术馆。五岛美术馆非常传统，而六本木森美术馆非常现代。因此里面的展出内容也各自相应。《源氏物语》是日本平安时代的古典长篇小说，作者叫紫式部。绘卷的意思就是根据书中的内容所画的插画版。是像我们古代书卷的样子，拉开看，非常长。

而草间弥生是在纽约就读艺术的非常前卫的艺术家，如今已经八十高龄。她的波点造型，她的南瓜都深入人心。除去这些已经十分商业化的元素，存在于她的作品以及她本人身上，那种热烈的生命力让人感动。

平安时代，日本两大古典随笔之一，清少纳言所著《枕草子》中有着大量日常生活片段的记录。写时节，写虫，写插秧，写可爱的东西，写得意的事，也写难为情的事。任何一件小事在作者看来，都是"颇具情味"的。开篇写四季："春，曙为最，逐渐转白的山顶开始稍露光明。夏则夜。有月的时候自不待言，无月的夜，也有群萤交飞。若是下场雨什么的，那就更有情味了。"

直到如今，日常的审美依然渗透于生活，传统习俗依然鲜活地存在着。

春日樱花盛开之时，人们会成群结伴到樱花树下喝酒畅谈。还记得那个樱花初绽的夜里，我和刚刚熟悉的几位朋友，相约到中目黑。那是第一次感受岛国四月的夜风，温柔到把人灌醉。那里是赏夜樱的名所，临近代官山和惠比寿，街道不宽，房屋低矮，很多书店和咖啡厅，而且整个街道都是并排的樱花树，花枝横跨目黑川的两岸。等到樱花开始落下的时候，这里将变成一条粉白色的樱花河。

我们在树下席地而坐，举起杯里的清酒，诉说着每日，无论烦恼还是喜悦。郁达夫笔下名作《春风沉醉的晚上》，似乎到了几十岁的年纪，我才第一次感受到其中的味道。回去我拿起了古典吉他，谱下曲子，写下这样的一段歌词：

好美的风景，

让我回想起家乡的感觉，

仿佛闻到春天的气息，

在这春分的夜里。

树的枝桠撑满夜空，

在这蓝色画布上，

成千上万的花，

次第绽放。

四月将近，

雨水刚停。

温润的夜里，

藏着喜悦的静。

灯火阑珊，

不见人影，

空见一树花，

在岁月无声里。

这首歌就是《春分的夜》。

到了夏天的夜晚，日本各地都会举办盛大的花火大会，东京尤甚。年轻的男女都会身着传统日本浴衣，一种材质清凉的夏日和服，拿着纸扇，踩着木屐，在河边席地而坐，等待烟花升上夜空。

我去过隅田川花火大会，和公司里来自法国的同事，那是我们第一次的花火大会体验。我和法国女孩只顾着吃毛豆，喊着好美好美，另一位法国男孩拿着长焦镜头单反相机，一直在拍。

秋天是赏红叶的季节。有一年，我曾和朋友去往距离东京不远的镰仓，四周全是浓郁的秋色，靠海的地方有着湿润的空气，走着走着就到了晚上。在海边一家小店吃了刺身和海鲜沙拉。不久听到远处咚咚的太鼓声，原来是镰仓地区的传统节日，一众人头戴发箍，脚着木屐，抬着御神舆，喊着号子。

传统习俗完好保留至今，仪式感十足，着装十分到位，并且与如今的生活日常融合得那么恰当。

不同于我所生活的北方，落叶树到了冬天只剩下干枯的枝桠，东京的冬天还是到处可见绿意。所以除了体感温度的降低，城市的样子几乎没有特别的变化。唯一不同的是，这时候树木上常常会布置一些灯光装饰。尤其是到了圣诞节前后。因为这些五彩斑斓的灯光，街道充满了年末欢乐的气氛。

秋

6

陆续熟悉了这座城市之后，慢慢感觉东京的很多街区，大概可以用年龄层来划分。

比如，原宿是十几岁的中学生常去的地方。那里有很多二次元相关的店铺，衣服的风格也是漫画样式的。在那里可以买到一切可爱系的周边物品，印着大卡通人物的 T 恤，洛丽塔风的、有着厚厚鞋底的圆头鞋，或者是公主蕾丝风的花边蓬蓬裙。价格当然也很适合这个年龄段的人消费。在这里，追求的是青春和活力，而不是底蕴和奢侈。

而到了二十多岁，年轻人常常会去涩谷约会。109 大厦整栋楼都便于女生选购，几年前，还开设了另一栋楼称为 109 MANS，供年轻男士选购。比起原宿，这里的物品明显更接近"大人"一点。可以满足已经走出青春期，慢慢转变为社会人的年轻人的购物需求。这里时尚风潮的变化速度非常快。

到了三十岁的人，慢慢开始去新宿这样的地方。这里明显商务感更加浓厚。人们的脚步更加急急忙忙，着装也省去了过分可爱的装饰部分，变得干练、成熟，完全的"大人风"。喝酒的人也多了起来，类似深夜食堂这样的小店。这里有著名的歌舞伎一番街。歌舞伎，本是日本的一种传统曲艺形式，风格多变，偶尔荒诞。这条街取名如此，也是契合"歡樂街巷"的意思，以取悦客人为主要服务内容，风俗店、情人旅馆林立，整条街彻夜不眠。同时新宿区也是东京犯罪率排名第一的地区。

四十岁、五十岁的人，随着工作年份的增长，工资的逐年上升，消费能力明显提高。而银座，便适合这个年龄段的人，是代表着高级消费的街区。Chanel 等国际大牌旗舰店比比皆是，日本本土的百年老店鳞次栉比，高雅的格调不允许小孩子在这里吵吵闹闹。

但除了这些过分知名、常常挤满了外国游客的超级街区，我自己更钟爱的，是另外的一些更具有日常生活感的小小街区。

比如自由之丘。

正如它的名字一样，那里给我的感觉就像是一个自由生活的小镇。从涩谷乘坐东横线，一路上会经过都立大学、学艺大学，然后很快就到了自由之丘。

东京的每个街区几乎都是以电车站或者地铁站为中心展开的。这里也不例外。围绕着车站的，都是最便利于人们生活的那些连锁店，比如 LAWSON、7-11、Family Mart 这些小型连锁便利店，稍大型的家用超市，以及快餐店，例如到处可见的牛肉饭连锁店吉野家，以及定食（日本传统料理套餐）连锁店大户屋。

但是稍微走出几步，就会发现，这里的街道、建筑和店铺都变得越来越放松。没有车辆，全部是行人散步的街道。鸽子在马路上随便溜达，有一条长长的中心道，两边都是座椅和树木。有卖草莓奶油卷饼的小货车。有在一处店铺前唱歌的乐队，一个男生在弹吉他，另一个男生在拉小提琴，主唱是一位短发女孩，脖子上围着色彩明亮的围巾。路上的人走走停停。这里像是宫崎骏电影里常常出现的街区的模样。其中的建筑也确实有一丝丝欧洲小镇的气息。

而到了下北泽，又完全是另一番面貌。

同样也是非常亲切的街区，而这里遍布着各式各样的古着店。古着，是一个从日语中直译过来的汉语词。意思是"被人穿过的、以前的旧衣服"，但又并不是简单的二手衣。虽然古着这个概念很泛，但并不是所有的旧衣服都可以被称为古着。一般都是被店家精挑细选的，有着一定吸引力的或者具有收藏意义的衣服，才算得上古着。它代表的是一种复古的时尚和独特的品位。其实也可以称之为"古董衣"。英文的话，我们常常见到 vintage 和 antique，来形容这种调调。

比如那里我喜欢的一家，店主是一位看上去七八十岁的老奶奶，穿着一件年代久远的法国手工蕾丝领长裙，那做工和质地，有着现代机械工艺根本无法达到的美。她的店里除了衣服，更多的是生活相关的用具。比如一把暗金色镶边的镜子，比如一盒有着可爱花纹的纽扣，比如很多我喜欢的复古耳饰。在那里似乎有着穿越时空的感受，那些年代久远的小物件被保留下来，带着独特的时光印记。

还有一家，店主看上去有点奇怪。是个中年长发男人，穿着一件白色亚麻长袍。留着一点点胡子，有一点原始人的感觉。店里面全部都是上个世纪意大利的画院学生画画时候穿着的衣服。也有一些是女性的复古蕾丝衣服。整体都是偏白色，价格不菲，每一件起码都在几万日元以上。因为年代久远，衣服很怕脏或者被碰坏，进店之前，要把手中的包或者行李交给店里的人来保管。

这里的古着店一家挨着一家，让人很难想象这里怎么会有这么多人热爱古着文化。古着的价格往往并不低，普通的古着都比年轻人爱去的连锁店例如优衣库、ZARA、H&M的最新单品还要贵一些些。某些很稀有的物件，就是古董一般成千上万的价格。但人们就是喜欢这种旧日时光里淘出的永不过时又独一无二的东西。

除了自由之丘和下北泽，我爱的街区还有吉祥寺。

好像所有我喜欢的元素都集中在这一个街区了。这里有很大的一处湖水公园，被称为都市的绿洲，春天可以赏樱，秋天可以赏红叶。有逛不完的可爱生活杂货店，还有解决日常生活所需的店铺、餐馆、咖啡馆。几乎是个独立的小镇和王国。而且宫崎骏的吉卜力公园也坐落在这里，让一切更具童话感了。吉祥寺历来被日本杂志评为东京年轻人最想居住的街区第一名。

公园的名字叫作井之头，常年免费对外开放。街道和公园并没有明确的界限，常常走着走着就到公园里了。这里的树木郁郁葱葱，非常高大，几乎都要有十几米高。抬头看，人像是被包围在森林里。这里面，还包含着一座生态文化园，分为两个园区，一个是以水里的生物和鸟类为主，另一个是更广义的动物园。动物园里有过一只大象叫"花子"，非常有名，广受人们喜爱，从泰国过来在这里生活到了69岁才逝去。

除了这些自然景观，这里的杂货店真的多。杂货，也就是生活中会用到的相关小物件。在这里，你可以买到自己最喜欢形状的水杯、勺子、筷子、手帕。几乎没有重复的设计。可以买到舒适的居家或者外出衣物。品位个性、价格实惠。除了杂货店，这里还有花店、甜点店、餐厅、咖啡店。

这里有一家我很喜欢的"猫咖啡店"。顾名思义，就是以猫为主题的咖啡店。不是装饰的画上去的猫，而是真的猫。可以一边摸猫一边喝咖啡，非常治愈。整个店的布置像是森林里的童话城堡一样。大概有三十只不同种类的猫聚集在这里，每一只都有自己的名字。有的很黏人，有的对人爱搭不理、只管睡觉。客人可以买一些店里准备的小鱼干来喂它们。

有人问，那卫生问题怎么保障？对于超级爱干净的当地人来说，这一点根本不是问题。进门都要先脱掉鞋子，然后用酒精擦拭双手消毒。不是怕里面的猫不干净，反而是怕客人从外面带进来细菌。东京大大小小这样的猫咖啡店起码有几十家，是否有上百家还不知道。但每处都超级安心，每处的猫咪也各不相同的可爱。

除了猫咖啡馆，后来我还去了位于吉祥寺的一家猫头鹰咖啡馆，更是新奇有趣。有来自世界各地的超多种类的猫头鹰，我特别喜欢白色的，还可以轻轻地捧着它们的小脸，温柔地抚摸。

住在这样的地方，生活可以是：回家的路上在花店挑一束花，放进水瓶。不想做饭的时候，可以找到任何你想象到的食物的餐厅。东京是一个各国美食交汇的地方，各个国家的食物，在这里应有尽有。饮食习惯多国籍化，同样档次的餐厅，无论日餐还是中餐西餐几乎是差不多的价格，不会因为"外国饭"就贵一些。同样预算你可以选择吃一份意大利面，也可以选择吃一份咖喱饭，还可以选择吃一份日式拉面。

在日本，蔬菜水果按个卖，一颗西红柿、一头大蒜，平均十块钱起步。吃肉反倒很实惠，一盒鸡翅也是十块钱，是肉食爱好者的天堂。就肉的做法来说，也完全是多国籍化，比如同样是牛肉，可以选择意大利式牛排，可以选择韩式烧烤，还可以选择日本黑毛和牛。不同的做法，有着万千不同的口味。想吃涮肉的话，有すき焼き（寿喜烧），也就是把很薄的牛肉放进味道浓郁的酱汤里面煮，牛肉变色后，即可夹出，然后放进生鸡蛋里裹上蛋液直接入口，十分鲜美。还可以吃しゃぶしゃぶ（涮锅），比较接近我们中式的火锅，比起寿喜烧，口感整体上会清爽一些。

当然，还有传统日本料理寿司，一种把各式各样的生鱼片放在醋米饭上的生食艺术。我记得刚刚到日本的时候，第一天公司的欢迎晚宴就是寿司。这对他们来说，是非常隆重的欢迎礼。原本，我有些怯怯的。并且在我们的饮食文化里，很少有这样的吃生肉的传统。但是当一盘一盘的寿司出现在眼前，以及看到旁边的人吃得不亦乐乎的时候，好像食欲自然而然就来了。

我尝到了金枪鱼肉寿司的肥嫩香腻，尝到了红色甜虾寿司清凉而又温柔的甜意，还尝到了生海胆寿司那种来自大海深处的独特鲜味，味觉新世界一下被打开。还有晶莹剔透的橘红色大颗鱼子寿司，嚼劲十足的章鱼寿司，可以稍微休息一下回归清爽口味的贝类寿司、纳豆寿司、青瓜或者梅子寿司。最后常常以软软脆脆的甜鸡蛋卷寿司结束。

美餐一顿以后，到了夜晚，还想特意和心爱的人去哪里散步的话，我想到了台场、想到了那里的彩虹大桥，微风徐徐、海波温柔的东京湾。晚上还有浪漫的闪闪发光的摩天轮。夏天的时候，我在那里看了一场花火大会。海水很蓝，烟火灿烂。也想到了上野附近的浅草地区。浅草寺有着巨大的红色雷门，晚上也会点亮好看的灯光。仲见世一条街，有着古早的江户庶民风情。

7

就这样，我渐渐在东京这座城市找到了很多音乐、文化、审美以及生活上的共鸣。它带给了我很多不同的人生体验，打开了我的想象力空间。

同时也让我更坚定地去做自己。

2014 年 3 月，在痛苦和挣扎中，我跟原研哉以及事务所的同事告别，辞掉了在日本的第二份工作。经过接近一年的实习体验，我发现所有的设计案都是围绕原研哉为中心，其他设计师都是按照原研哉的设计稿来完成具体副手工作。这些人都是拿过国际设计大奖的美院高才生。而我并无专业的设计学习经验，适合的还是给设计师和甲方做交流沟通的 manager 的角色。虽然我可以顺利完成，但总是少了那么一点热情和挑战。

再加上我来到这里的初衷，很大一部分是学习，看原研哉如何做自己的艺术工作室，如何与人交流，如何分工协作。而最终，我也想要拥有自己的艺术工作室，无论是以何种形式。

最后作出这个决定，甚至是我的老板原研哉"推"了我一把。

那时候，他看出我已经动了念头想要离职做音乐，但又陷入深深的矛盾心理。因为对他的知遇之恩我感到愧疚，感觉自己这次又当了逃兵，甚至是辜负了某种信任。矛盾之中整个人阴霾密布，甚至有些抑郁消极。他叫我到办公室，谈了很久的话。最后他说，你走吧。出了新专辑，记得再拿给我听。

我记得我是眼眶红着离开的。复杂的情绪交织，既有深深的感动，又仍然愧疚于自己的"背叛"。之后，我回到自己居住的临时小家，买了回北京的机票，开始收拾行李。很快，带着我在东京御茶水乐器一条街上买到的小吉他 Mini Square，回国开始做独立音乐。虽然那把琴并不贵，还是二手琴，但我对它有着特殊的情感。

需要介绍一下的是，御茶水乐器一条街是音乐爱好者的集中地，在这里乐器店成排成行，乐器种类非常丰富，品牌齐全，新品旧品都有。不仅有电吉他、电贝斯、架子鼓这些现代电声乐器，还有非常古典的钢琴、大提琴、小提琴、低音提琴等传统乐器。

我感觉时机成熟可以回国的原因，主要还是当时我的第一张专辑《诗遇上歌》的素材积累已经完成。九首歌的旋律和歌词，已经写好。国内熟悉的录音制作团队在等我归来。留在原研哉的事务所，工作非常稳定且光鲜。毕竟这是国际最知名的设计事务所之一，在日本平面设计界顶端。然而，表面的光鲜不能满足我真正的内心所爱。

我告诉自己，跟随内心。人面对选择的时候，唯一应该做的，就是不辜负自己的内心。即将展开的路是不确定的。有多少人会听到这些音乐，我真的不知道。做这些，我可以让自己填饱肚子吗，也不知道。但我知道的是，即使还不行，那我也有基本的外语技能，不会让自己生活穷困潦倒衣食无着。我可以去做翻译等任何一份工作，我总不会饿肚子。

就像我看到的那些东京独立音乐人做的一样。她们并不富有，但是她们也不缺什么。体面地活，温饱无忧，精神自足。在几十人的小型演出现场，悠然自在地唱着歌。那是我很憧憬的一种生活状态。也是这些小型音乐场地，滋养着她们，并启发了我。让我懂得，做自己喜欢的事情而活着，人就会像植物一样，自然伸展，阳光蓬勃。

2014年8月，经过六个月的时间、一整个夏天的酝酿，我的第一张正式专辑《诗遇上歌》在北京制作完成。这张专辑，还得益于旅日诗人田原先生的启发。我们在东京相识，他给了我一份诗单，看我是否有音乐灵感。其中，我分别为谷川俊太郎的《春的临终》谱曲，为北岛的《一切》谱曲。在歌曲还是demo阶段，田原带领着我，直接在谷川俊太郎、北岛，他的这两位大诗人朋友面前演奏，听诗人们当场给我听后感。

和谷川俊太郎老爷爷见面，是在他东京的家。那时候他已经八十多岁了，住在那种传统和室房间，有着绿色的庭院。房子就是他的父亲母亲还有祖母祖父一直住的地方。他还像年轻人一样，思路清晰而敏捷，说话也非常利落。我们在他家里包饺子。饺子馅儿选的是韭菜，而饺子皮是从面粉开始亲手制作。谷川老爷爷吃得很开心，还偷偷藏了一盘要放在二楼晚上再吃。可爱得很。

他在《春的临终》开头写道："我把活着喜欢过了。"让我不禁去想，同样的句式还可以有很多的文本。比如有人会说"我把活着体会过了"，再或者会有人说"我把活着讨厌过了"。而又有多少人可以在生命的最后说一句，"我把活着喜欢过了"呢？这是一种面对死亡释然而轻盈的心态，而这种云淡风轻来源于在活着的有限时间里，把自己希望做的都做到了，把活着认真活过了。

就像他自己，拥有极其丰盛而有趣的人生，也成为我的一盏明灯。

很快，《诗遇上歌》这张专辑被很多人听到。大家很惊讶，如今还有人愿意从诗歌这样的严肃文学的视角出发，来做音乐。经常会被问到这样的问题，为什么要为诗歌谱曲？我想，大概是因为我在接触音乐以前，与诗歌际会更久。我是在研究生二年级的时候才学会了弹吉他，但从开始读书认字时起，就喜欢诗歌。

我想，诗意，始终藏在每个人的内心深处。我愿意用生活本身就是一首诗的理想来过生活。也许，在东京的旅居生活，已经在我心中悄悄埋下了很多种子。

我很庆幸可以这样度过人生二十岁的阶段。敢于想象另一种可能性。同时得到了很多的鼓励和认可。

还要感谢我曾经的 Boss，我的偶像大师，国际级设计师原研哉。在 2014 年秋天《诗遇上歌》这张专辑即将发表之际，他欣喜地为我的专辑题写了推荐语：

"程璧的音乐我反复听过无数遍，透过她的声调与音质，那些顺着感觉进行的细腻的气息处理，我感受到如今中国的年轻女性，在感受着什么、想要追逐着什么而生活。"

你当像鸟儿，飞往你的山。后来读到这本书里的这句话，就会想到他的这份知遇之恩。不仅是给了懵懂的我一份信任，同时也愿意放我重新归山。

我在异国他乡，找到了自己的心之所向。我飞回故土，开始了真正的音乐征程。

冬

爱于冻土中萌芽

就这样，踏上独立音乐之路

2014 年，当我背着行囊，从东京飞回北京，那一刻我告诉自己，不管未来会怎样，我都准备好了。

首先我准备好了一笔钱。这个是基本的生命线，包括我在北京的生活费以及录制专辑的所有经费。在日本工作这两年，每个月都存下了积蓄，不知不觉这笔钱可以够我做点事情了。

我做音乐确实没有跟父母要过一分钱。拿着他们好不容易积攒的那点钱来做自己喜欢的事，来试错，我不敢，也不想。自从我开始在东京上班，就没有再花过他们的钱。再往前倒数，自从我开始到北大读硕士，拿着一等奖学金，住着学校宿舍，吃着学校食堂，生活开销很少，就基本不再需要家里的经济支持了。

毕业后在东京工作那两年，我每个月的工资是二十多万日元。相当于一个月的收入是人民币两万块的样子。这对一个刚刚步入职场的文科生来说，已经很高了。记得当时我在北京面试的一家大型国有出版社，毕业生每个月的工资只有五千块。好处是这样的体制内单位可以给北京户口，可能这对于我这样的外地人来说是个诱人的选项。没有户口，在北京做很多事情都很麻烦，包括以后孩子上学。但这对当时只想去外面看看的我来说，没有太大吸引力。

另外，还要得益于现代电脑技术在音乐领域的普及，使得录制专辑的成本大大降低。以前的话，录制一张专辑是普通人不敢想象也无力负担的成本。光那些大型的录音设备，估计就要一百万人民币吧。所以以前都是唱片公司来负责做歌，拿着投资人的钱，包装艺人。

到了今天，只要有一支话筒，一台电脑，一把吉他，就可以录歌、混音、制作母带。门槛降低了，所以独立音乐人可以存在。可以自发录歌，可以不受唱片公司的束缚，自由度高了很多。

这也是我在东京看到的独立音乐人制作音乐的方式。他们不仅给了我艺术上的启发，我也从他们这学到了做音乐的很多可能性。不只有通过公司选秀这一条路。

我知道自己不是比赛型选手。在学校参加十佳歌手大赛只是一种初步的小尝试。学校的比赛还比较单纯，外面的比赛掺杂着更多复杂的元素，比如资本运作。

而且我擅长的不是嘹亮的高音，舒适的位置更多是在中音区。别说比赛了，我这样的"零起点"选手，没法和在艺术学院经过四年专业训练，甚至从小开始训练声乐技巧的专业选手相比。我只是野生的，自己唱着玩。

我不想让别人来决定我是否可以"歌唱"这件事。也不是一次比赛的成绩好坏，就说明我适合或不适合走这条路。音乐对于我不是梦想，只是一种决定。

知道这件事是因为我弹琴的时候，有意无意之间，总是有很多旋律冒出来。就像是顾城说的，你是苹果，就不要憧憬橘子。我没有憧憬过橘子，我的音乐旋律告诉我，就长出苹果本身的样子就好。

这些旋律就是我的苹果种子。

我决定辞职回国，正是因为这些准备好了的"种子"，也就是未经打磨的作品。包括我写的那些歌词和旋律，还有我为诗歌谱的曲。

这九首歌里面，其中有五首是给诗歌谱曲。诗歌分别是日本诗人谷川俊太郎的《春的临终》，土耳其诗人塔朗吉《火车》，中国诗人北岛的《一切》、西川的《夜鸟》和田原的《枯木》。

选诗很国际化，得益于旅日诗人田原当时给我的一份诗单。当我问他，可不可以推荐一些诗歌给我时，他欣然发来了自己的这些选诗。而就在里面，我遇到了这些诗歌。关于和他的遇见，以及他引荐给我他的诗人好友北岛、西川、谷川俊太郎，让诗人们第一时间听到我的谱曲版本的故事，会在后面关于这张专辑里具体讲。

我准备好了面对未来的所有可能。也包括作品做好发出，可能会石沉大海。如果今天再让我回看当时的决定，不得不说是一种很大的冒险。

我花了二十年的时间，在学校接受教育，在大学和硕士期间学习日语和日本文化，而我突然想要唱歌，要用自己的短板来试图谋生。

但我不会后悔。因为那一刻，我没有别的选择。那时候我只想把自己的旋律录制出来，做成歌。这些旋律的种子只想发芽，只想破土而出。我不想埋没它们。也不想埋没自己的可能性。

我知道自己不做这件事情，就不知道接下来为什么而活，不知道每天活着的意义。也许这就是命运。

而且，我有日语这门技能，做点翻译，不管是文字翻译还是口译，还是可以混口饭吃的。

在飞回北京之前，我提前联系了可以录制专辑的录音棚。就是当年我在那里录了《晴日共剪窗》。

他们给了我第一次宝贵的进棚录音体验，同时我们也成了老朋友。录音棚的两个创业者是隔壁清华的理工科高才生，都很聪明，而且为人友善。处处给我帮助指导。

也许是因为隔壁同窗，也许因为他们也曾是音乐的门外汉，与同为门外汉的我惺惺相惜。两个精通代码的优秀程序员，居然搞起了录音棚创业，其中一个还自己研究唱歌发声到接近专业的水准，教我如何练习气泡音按摩嗓子、如何在录音室正确发声。

哪里是靠近话筒的最佳位置，呼吸声如何避免进入话筒，声带震动的力度对于收音的左右……原来录音这件事这么博大精深。隔行如隔山，感觉要学的还有很多。

但是他们却说，也不用太在意这些，很多工作就交给录音师来做。你只要最自然地唱歌，就好。作为你的第一首歌，唱歌的技巧不重要，感情最重要。

这一点一下说到我的心里。巧了，当时我确实没有技巧，只有感情。

除了人声的部分，器乐的部分都是我的北大吉他社同窗来录制，古典吉他、大提琴，还有手鼓，都是十佳歌手比赛的原班人马。

同窗的温暖，还有棚内专业人士的信任，让我的第一首歌录制一气呵成。

两年后，当我回国准备把积攒的其他歌都录出来，自然第一个还是想到了他们。

于是我的第一张正式专辑《诗遇上歌》的录制工作，就在 2014 年夏天开始了。

那个闷热的夏天，三个月的时间，都围绕着这些歌度过。我再一次回到北京，这个度过了三年青春的城市，在离录音棚不远的地方租了房子。录音棚的地址就在五道口，离清华北大都很近。

录音棚其实就在一所居民楼里，很旧的房子，改造而成。从马路进录音棚其实有一条近路，就是要穿过前面的商场，都是卖外贸出口衣服的档口，人声嘈杂。墙壁上贴着各种花花绿绿的小广告，让人完全想不到里面还藏着一个小小的"艺术创作基地"。

歌曲的录制，还是像从前一样，基本按照我的想法来，跟着我的感觉走。我是自费来做这张专辑，也就是说我是自己的出品人，一切都自己说了算。但是这种自由也会让我举棋不定而犹豫再三。

好在棚里的伙伴都非常给力。制作过程中棚里的编曲师、录音师、混音师，在我犹豫的时候，他们总能给出非常中肯的意见。他们有的当时和我一样年轻，刚毕业不久，因为热爱来做这件事情。

我最擅长的就是作曲，写旋律线。而音乐专辑的呈现是一门综合的工程，需要各个工种密切配合，不是一张嘴就可以的。编曲涉及各种乐器的配合，混音涉及各种乐器和人声位置的配合。这些都是非常专业的领域，而这些重要的幕后工作往往被人们忽视。

还有专辑的视觉呈现，需要设计师、摄影师。还好因为我一直喜欢设计和摄影，读书时候在佳能实习工作，后来在原研哉设计事务所的工作，多少也有一些心得体会，知道自己想要的视觉方向是什么样子。有方向很重要。

至于专辑照片，当时我还在东京的时候，诗人朋友田原曾介绍我日本超写实主义绘画大师野田弘志认识。他是有着卷卷银白中长头发的老先生，小个子，西装革履，目光炯炯有神。他见到我之后，上下打量一番，然后说之后想请我作为模特来创作一幅油画。为此先要拍摄几张照片，留作素材。

我们来到他使用的摄影工作室，里面有一台我从没见过的大画幅相机，一看就是硬家伙，个头比原来的电视机还大。这也是我见过的造型最酷的相机了。

因为野田先生的绘画风格就是超写实主义，因此照片需要的细节特别多。只有大画幅相机才能实现捕捉最多的细节，以及对光线的呈现。当时我站在镜头前，没想太多，就等他按快门。

那时候完全没有想到这里面其中一张照片，将来会成为我的专辑封面，就是后来大家熟悉的《诗遇上歌》的封面。一张我的正面照，也像是自画像。没有任何表情，就是本真的呈现自我。

这张照片的细腻光影，本身就是一幅油画的感觉。而且照片的表情和气质，也很符合这张专辑的主题。

当时我有所怀疑的是，需要把这么一张正面大头照当作封面吗？会不会让人觉得太自恋了。但是身边伙伴跟我说，不要想那么多，就需要这样，第一次让大家认识你。

至于这张专辑的名称，"诗遇上歌"，是来自诗人北岛的提议。我谱曲了他的那首《一切》，在他大学的演讲完之后，我和田原在休息室见到他，我当时拿着一把尤克里里，现场弹奏演唱给他听。

那时候的自己是多么紧张啊，北岛、顾城、海子，这些闪着光的名字，我曾对他们的诗篇流连忘返。岁月苒苒，如今其中一位就这么出现在了眼前，而且我还要给他表演我作曲的他的诗歌。

虽然战战兢兢，但是表达的欲望已经超越了这些。我只想让他听到，我是这样来唱他的诗。

后来，当他得知我要做一整张专辑，关于诗歌，他表示了肯定，并且给我许多中肯的建议。包括专辑的名字。

诗遇上歌，他说这是个动态的过程。是一个动作。我意会。就像诗歌的节奏，也像是音乐的流动。遇上，是一个偶然，也是必然。诗与歌本来就不分家。

就这样，在 2014 年的那个夏天，作品一首一首录制完成，专辑视觉呈现也有了着落，专辑名字也画了这最后的点睛之笔，来自诗人北岛。

也许这就是一张备受恩惠的专辑吧。2014 年秋天，它以数字专辑的形式发布在当时的虾米音乐网，上线三个月之后，迅速得到传播。

在互联网时代到来之后，实体专辑受到了很大的冲击，更多成为收藏品，大家听歌的方式都换到了音乐流媒体，也就是使用音乐 app 曲库来听歌。但是，我当时做这张专辑的时候，还是印刷制作了实体 CD，在京东音像上线。数字专辑的部分，授权给了虾米音乐网来发布。和这些平台认识都是来自朋友的介绍。我在 2012 年就陆续把《晴日共剪窗》这些歌上传到虾米上，是没有正式授权合作的放养模式，让大家自由试听。后来虾米的后台工作人员发现了这些歌，觉得挺不错的，于是开始想要找到我。他们那时候在寻找这样的原创作者。

再后来，这张小专辑在京东全国销量连续位列 TOP 榜单，在虾米音乐网的试听量突破百万，在很多其他音乐平台例如网易云音乐、豆瓣音乐、荔枝 FM 开始获得推荐。不仅有微信公众号的文章推送介绍，也开始有来自传统媒体的关注报道。其中包括杂志报纸等平面媒体，以及电视媒体，比如来自湖南卫视《天天向上》的节目录制邀请。

当时《天天向上》节目组来联系我是通过微博私信。因为我没有公司，也没有经纪人。当我看到这条私信的时候，还怀疑人家是不是骗子。还好当时回复了他们，就有了后来的那期节目。为了综艺效果，导演组还安排节目里面我用山东方言读北岛的诗《日子》，确实搞笑效果拉满。我的山东家人给我发来反馈，说我在节目里还是很矜持，没放开，说的是有点普通话味道的家乡话。要不然效果更足。

节目一播出，粉丝量又涨起来一波。大众电视媒体的覆盖范围确实超出想象。简直是独立音乐人的"高光时刻"。没有公司给做宣发，没有经费，全靠运气，我写的这么小众的歌，能够一下被这么多人听到。

如何成为一名独立音乐人，上面就是在 2014 年我具体走过的路。需要准备好钱，需要准备好作品，需要打磨一首歌或者一张专辑，需要各路朋友的帮助，需要等待一个或许有或许没有的机会让它绽放。

这期间，要自己担任制作人、出品人，要能够和录音技术团队沟通，还要担任经纪人的角色和传播平台沟通、和实体音像店沟通、和印刷厂沟通。我记得在《诗遇上歌》下厂印刷的时候，我去到印刷厂的工作车间，这也是很神奇的地方，作业空间不亚于建筑工地，原始又野蛮有张力。我踏过车间地面，确认了第一版的染料颜色，字体的大小感觉，才放心交付。

现在回想起来，那时候真的是初生牛犊不怕虎啊。什么都不懂，什么都敢从头开始摸索。是二十岁的年纪该有的样子。那股劲儿让如今三十岁的我已经自愧不如了。

2014 年，我是一个闯入音乐界的完完全全的局外人。我的作品从诗歌出发，得到了诗人朋友们、前辈们的关怀。然而对于音乐界的人士而言，这个人的出现可能莫名其妙。她唱的是歌吗，不是念诗吗？她有什么音乐技巧，只是一个借着诗歌的幌子附庸风雅的人吧？

还好我都没在意过这些。要不然可能就不敢做这张专辑了。如果说诗歌给了我音乐的翅膀，那我宁愿用自己的一生来彻彻底底地"附庸风雅"。

只想让生命，自然而然

2016那一年，我飞行了接近一百次。

这意味着，这一年平均每隔三四天，就有一次出行。"音乐人的生活，一半在路上。"事实似乎印证了这句话。

那时候演出机会和邀请纷至沓来。我是幸运的，在我刚拿起吉他的时候，就有人听到了我的歌。我很感谢可以有这些机会，是对我的体能、唱功、舞台经验的全面考验与锻炼，也让我可以去到这么多地方，跟真正喜欢我的歌的人见面。

但，稍有疑问的是，自己和"音乐人"这个名称之间的联结关系。某种意义上，音乐似乎并不是我要到达的地方，而是某种必经的方式。一种很适合我的，自然而愉快的表达方式。

我不是音乐科班出身，不是技术型的表达。我能掌握的歌唱方式都出自本能。写歌唱歌这件事，对我来说不是考试比赛，而是那些窘迫的日子里，给了我最多治愈的一件事。当我感到悲伤和快乐，旋律成了我的情绪出口。

说到愉快，也许会被理解为"轻松"。就好像，说一个人温柔，就容易被联想到"软弱"。但如果认识事物的方式始终标签化，就永远看不到人性和世界神秘而丰富的内面。

　　我的音乐离不开文学的存在，这也许是必然的。因为在我学会使用第一个和弦之前，有意无意，读了近二十年文学相关的东西：四岁还不识字时候的唐诗宋词，小学到高中的每一节语文课，大学里的近代文学史课，硕士时候的古典文学课。从汉语到日语，从诗歌到随笔。

　　语言和文学，再进一步延展出去，是文化。但文化是一个太大的概念，它几乎包含了人类所有的精神内容：政治、历史、哲学、宗教、审美。我的落点，终究落在了最后这一项：审美。而且，我是为东方美学的简单且深邃着迷。

　　我在北大硕士期间的研究方向是日本文化，特别是其中的艺术和审美的部分，比如茶道、花道、香道、能乐、古典随笔等。这里面有很多东方美学思想的浸润和展开，也让我有着深深的共鸣。当我毕业的时候，我决定不再读博士。因为比起作为一名研究者，我更想成为美学的践行者和表达者。

　　一说到"美"，似乎它是脱离生活的东西。可恰恰相反，在我这儿，它始终就是生活本身。没有审美的生活，只能叫活着，呼吸着。生活这个词，本来就是温柔的，带着文化意味。

　　"生活"，还有另一个表达，叫日常，也是最容易被人忽视的东西。但在博物馆里，我们现在看到的那些珍贵瓦罐，时刻提醒着我们，我们每天习以为常的生活道具，也许在很多年之后，并不是稀松平常的存在，而是人类文明进程的标记。

所以，普通与特别，渺小与伟大，二者之间的距离到底有多远？日常与生活相比政治与金融，哪个更重要？我感觉，失去了多彩、生动、细腻并充满人情味的日常生活，其他也随之失去意义。那是人类为了更好生活的方式和手段，是必经之路，但并非目的，并非我们最终要到达的地方。

庆幸的是，自己在走出学校之前的最后几年读书生活里，多少开始明白了一些事情。在步入社会之后，无论有多少现实需要面对，有多少生存问题需要解决，那个最根本的想法都在提醒我，不能本末倒置，混淆"方式"与"目的"。

如今我误打误撞，进入了音乐行业，也看到了资本的喧嚣和热闹，行业里众相丛生。而我总是觉得，那些丢掉了"人味"的相，不会长久。以为音乐可以像流水线上的塑料杯，通过工人与机器的分工合作就无限量产，或者通过某种算法将音符和律动组合起来就可以创造新音乐，这样机器生产的"完美"旋律能否触动内心，对此我始终存疑。

没有长相完全一样的两棵植物，这是大自然造物时不言的秘密。任何完全相同的两个事物的存在，都是不自然且不需要的。每个生命个体的存在，都不完美，都有瑕疵，却因此独一无二，都值得被尊重。而音乐、文学都是基于此而诞生。

即使不完美，即使很青涩，就是因为那种原始的生命力，才珍贵。质朴之中才有真实的美。

当人明白了这一点，就不会被种种貌似崇高的假象所欺骗，不会妄自菲薄。你会努力去挖掘自己独特的地方，去耕耘，去释放；而不是致力于自己所没有的东西，被欲望和情绪控制，变得自私而暴戾，狭隘而庸俗。

这才是生命应有的进程，也是"我"成为"我"的原因。

决心有多大，怎能让别人知道

他人不知，根本不是件坏事。

1

Marco 是我认识多年的老朋友了，他创办了荔枝 FM，2015 年我的全国巡演"我想和你虚度时光"，和他们平台合作主办。

当第六张录音室新专辑《然后，我拥抱你》发表之后，看到他在朋友圈写了这样一段感言："在很久很久以前，程老师和我说过，她会继续写很多歌，坚持每年出专辑，我当时听了将信将疑，但这几年她真的坚持一直在出。向坚持自己理想的人们致敬。"

我们私下相处其实很随意，他用"程老师"这样的称呼是在半开玩笑。我确实很早就跟他说我想要一直创作，每年有新作品。

虽然他是在夸奖我，但我内心声音是："老朋友，我可不是随便说说啊。"

我知道，想要保证每年有一张作品输出，这确实是个高强度的目标。很多人不觉得这是可行的。觉得作品需要沉淀。但我觉得这个问题见仁见智，看创作者的类型。

目标是出一张就要爆一张的话，确实需要格外的深思熟虑。但专辑是一份内心记录的话，一年的时间，内心该有多少起伏、波澜，难道还不足以写下十首歌吗？

我是看着她们这样做过来的。用她们，特指日本独立唱作人，女性。老一辈的比如中岛美雪。还有年轻一代的，比如汤川潮音。

虽然其实我也并没有做到一年一张。2017 年底《步履不停》，2018 年陆续出了几首单曲，但没有专辑发表。

总之，出了《步履不停》之后，2018 年我只做了全国巡演，没有心力和气力再出专辑。所以，我从 2012 年正式开始发表作品以来，到 2019 年，一共 7 年的时间，共发表了 6 张录音室专辑。

我想说的是，即使是支持过我的老朋友，在这些年之后，真正看到我这一路的轨迹，也才开始相信我说过的话。

2

我的父亲，可以毫不夸张地说，在这个世界上找不出第二个比他更爱我的人了。

"捧在手心怕掉了，含在嘴里怕化了"简直就是他对我的真实写照。给他写的歌《父亲种下的花园》，我还在现场跟听众们说，别人的示爱，可能是送你几枝花，但父亲的示爱，简直就是为你种下一整座花园。

但即使是这样爱女如命的他，也没有想到，女儿究竟是想要怎样的人生。

他认为，女儿稳妥地找一份工作，离家近一点，就足够了。不想给我任何压力，或者说，不想让女儿受苦。

因此在高中的时候，面临高考和大学的选择，基本上是他替我选择了读外语这条路。因为不需要参加高考，只需要参加大学自主招生的小语种考试，被录取了就可以直接进入山东省最高学府。

身处这个高考大省，高中时候我竟然读的是理科班，以那时候我的理综成绩，进入清北是一种妄想。面对语数外各科满分 150 总是能够得到 140 分以上的班里学霸们的碾压，这对我，确实是最稳妥的选择。

这就是他的爱的表达。

我感谢父亲曾替我做出最稳妥的选择。虽然这可能不是我真正想要的。他也当然不会知道，十八岁的女儿到底想要什么。

甚至我自己，那时都还懵懵懂懂。

3

说完父亲，再说说母亲吧。

大学要毕业的时候，我认真思考着未来。难道就这样进入社会开始工作了吗？

大学四年，前半都在努力学习外语基本技能，过着像是高中一样的生活；后半考级，过关斩将，从专业能力四级八级，到日语国际能力一级。

难道这就是大学生活的全部了吗？

不够，不过瘾，不甘心。

那时候沉睡多年的心声才真正响起：人生也就活这一次，我还是要去心中最理想的学府。我想考北大的研究生。

于是开始在大三的暑假，挑灯夜读。

母亲后来说，她看着心疼。但这个心疼，她当时没有对我表达。我自然也不会知道她到底是怎样一种心疼。甚至在我收到北大通知书后，她都没有流露。

直到很久很久之后，我去东京工作了，开始独立创作音乐了，她才不经意说出来。她的内心声音是，"女儿啊，怎么可能选上你啊"。全国都为之憧憬的地方，数千万人为之奋斗的目标，那有限的几个名额，你怎么知道就是你。

这是建立在她觉得这可能只是一场徒劳之上的心疼。她的心疼，来源于觉得女儿不可能。因此她也知道，这心疼说出来毫无意义。而且可能是对女儿热情的无情打击。

我的母亲，只是一名朴素的家庭妇女。但她有着作为一个母亲的本能的爱，以及从这份本能的爱自然延展出的最朴素但又最高级的智慧。所以她不说。只是每每在看我挑灯夜读困得不行的时候，悄悄递过来一杯热茶。

4

你看，自己最亲、最近，甚至是最爱你的人，都不会知道你真正的决心有多大，你到底想怎么活。

何况那些不爱你的人。他们会用更挑剔，甚至是反面的出发点来揣测你，或者嘲笑你是一种妄想。或者是在你做出点什么成绩的时候，把你的"决心"描述成一种功利心，一种为达目的不择手段的野心。

因此收到那些误解的声音，毫不奇怪。

而在容易误解别人的人眼里，这不是一种对理想的坚持。

他们马上有了新观点：你看，她已经被商业裹挟，变成了"流水线产品"。

我曾写过一段话，"我不想让我的人生看起来无比励志，只想让它看起来自然而然。"这段话的意思，也常常被误读为"小清新"式感言。

自然而然，噢，岁月静好。

可是岁月静好，能选择离家出走异国他乡，完全开启陌生的环境生活和工作吗，能点灯熬油只为拼一次，弥补没有经历高考的遗憾，一心奔赴最理想的校园吗？

我想表达的只是，不要张扬着让全天下都知道就数你最努力。

悄悄地努力就好，努力让自己过上喜欢的人生，努力让这个过程看起来"自然而然"。

5

"子非鱼安知鱼之乐"是出自惠子的一句话，被记录在《庄子·秋水》中。

你不是鱼，怎么知道鱼的乐趣？他人不是你，怎么知道你的内心，怎么能轻易就看见你内心的那团火？

回到开头那句话，他人永远不会知道你的决心有多大，也不必知道。自己心中时刻亮着那盏灯，只管去做，就足够。

想走的路，究竟是理想还是妄想

很多朋友问我，我很想做某件事，我可以去追寻吗？

如何确认自己的"决心"并非不切实际的妄想？

辨别二者，以下是我的三个阶段。

1

只停留在想和纠结的阶段，而不去做一点尝试，不用说，那就是妄想。

我是在还没来得及想是不是要走独立音乐人这条路的时候，先写出了一首简单的歌。这首歌就是后来出现在《晴日共剪窗》里的《你们》。

你也许会好奇，究竟是怎样一个契机，我开始写歌的呢？

这要回溯到 2011 年，因为读日语系的缘故，加上那时候很痴迷胶片相机，我在北大读研期间，获得了去东京佳能相机公司交换七个月的机会。

在公司的写真部，我认识了两位后来成为挚友的文艺小伙伴。我们三个都热爱摄影，热爱文学艺术。常常带着相机，一起去东京郊外短旅。

其中一位叫森川，有一次和朋友几个人在他家里聚餐，他忽然从卧室拿出一把古典吉他开始弹。那是我第一次近距离见识到这件美丽的乐器，瞬间开启了我的某种向往。

尼龙弦温柔厚重的音色，完全颠覆了我对吉他这件乐器的认知。而，那一刻，我有一点心酸。

自己内心，始终是热爱那些鲜活的艺术的。这我知道。可是学生时代，我所在的家庭和社会大环境，潜移默化告诉我还是应该努力学习文化课。就读了全市最好的高中，文理分科的时候，因为成绩全校前 50 名，竟然还分到了理科班。

越来越重的学业压力让我根本顾及不到那些热爱，更没有机会选择艺术学校。对艺术只能是隔岸憧憬的角色。

我心酸的是，为什么自己从不敢去真的接近？

像我的这位朋友这样，即使从事的职业无关艺术，在传统企业做一份朝九晚五职员的工作，在家里，朋友相聚的时刻，他还是能即兴弹一段，艺术已经进入了他的生活。

第二天，我就去东京的御茶水一条街，买了一把小巧的二手古典吉他。

实习生活结束，我带着它回国。发现了北大吉他社招新，欣然报名加入。在吉他社民谣班的第一堂课上，开始试着按出第一个和弦，C 和弦。

在学会仅仅第一个和弦之后，试着哼出了一些旋律。并唱进了一点歌词，"我爱一回房间就看到你，我爱一出门口就想念你"。大学宿舍生活的真切体会，诞生了《你们》这首歌。

之后竟然一发不可收拾，陆续学会了 D 和弦、E 和弦、F 和弦、G 和弦，又知道了大调和弦和小调和弦。在吉他上练习的时候，不断冒出旋律灵感。

我及时将这些瞬间出现的旋律片段记录下来，《晴日共剪窗》《Loving You》《我还不能确定》《Long Way》都是那个时期完成的。

那时候完全沉浸其中，而且觉得原来人生可以这么有趣。根本还没到纠结的那个阶段。

当有了一定的初始创作积累之后，开始思考，是不是该把自己的时间和精力再多一点交给它了。

再深入一些，也就是，是不是真的要以这条路为生了。

这就进入了第二阶段。

2

是否能持续不断地做出你自己认可的东西，而且有外界的客观反馈。

这句话有点绕，其实里面只有三个关键词。

关键词之一，持续不断。

能写出第一首简单的歌了，对吧。那么，能不能写出第二首、第三首，直到写够一张专辑？

原研哉还在武藏野美术大学基础设计科担任教学工作，因为平时也穿梭在大学校园这样的环境，整个人很平和，身上有着严谨的学术气息。基于某次契机，我试着问他这样的问题：

"如何确认自己有没有某方面的才华？"

原研哉丝毫没有迟疑，用他一贯温和的声音回答我：

"看是否能持续不断地输出。比如你画画，是否能画出一幅又一幅。比如你写歌，是否能写出一首再一首。"

我恍然大悟。

原来根本不需要问，只需要去做。实践证明一切。

关键词之二，自我认可。

也就是有没有过自己心里那条线。

作为演员，周迅的才华和灵气相信大家都有目共睹。我记得她参加《圆桌派》的时候，说在演戏时，拍每一段，究竟过不过、有没有达到自己舒服的那个点，自己心里很清楚。

这是她的表演天赋以及长期经验和揣摩之后的"记忆点"，甚至有一点像肌肉记忆。别人可能看不出，导演也喊了 cut，但是她自己知道还没到，她就会要求重来。

这就是内心的那条线。如果你写出一点什么，一段旋律，一篇文章，先问一下自我是否满意。

无法取悦自己的作品，就无法到达他人。

关键词之三，外界反馈。

是否你身边人听到你的作品，觉得还不错？

在我弹着一个 C 和弦写出第一首歌《你们》之后，很快就在大家面前试着弹唱出来。

然后等到北大校园歌手比赛的时候，又唱了《晴日共剪窗》。

作为一名合格的土相保守处女座，我不太是一个冲动的人。尽管我喜欢音乐，但毕竟非我所学。所以我没有马上决定就去做音乐，还是选择了去体验异国打工生活。

我在东京工作生活的日子里，趁着周末，带着吉他就去 livehouse 表演。东京有很多安静的音乐咖啡馆，比较适合我这种音乐，一个人静静地弹唱。而很多 livehouse 的老板在听到我的 demo 之后，就欣然同意我去试着演出一次。这对于我也是很大的鼓励。

我还会去听那些我喜欢的独立音乐人的现场，去了解她们的创作和生活。因为我也是女性，我更关注同样作为女性的独立音乐人的选择以及生活方式。

再后来，我靠着在日本的工作，也攒了一笔积蓄。

除了基本的生活消费，余下的钱，我请录音棚的朋友算了一下，大概可以够制作一张相对小成本的音乐专辑了。

2014 年，我回国开始制作我的那张《诗遇上歌》。

3

即使做喜欢的事，也还是会有一堆烦恼的时候，但我发现喜欢远远大于烦恼。

经常听到"不要把喜欢的事当职业"的说法。理由是因此你可能就不会喜欢了。但我觉得，这么快你就不喜欢，那你的喜欢还不足够。

比如，我在演出过程中，发现自己一开始并没有很享受舞台。因为那些歌都是我在一个人很安静的时候写的，一下在那么多人面前唱，我很害羞，紧张。

再加上并没有过专业的表演训练，在录音棚里的气声唱法，并不适合现场。这是我后来才知道的事。

我没有自信，感到怯场，害怕。我心里想，我可能更喜欢一个人默默地写歌。

但我知道，只会创作的音乐人，不能在舞台很好地完成自己作品的音乐人，是不完整的。

后来，我找到了好的老师，开始接受一定的舞台表演和声乐训练，开始有了一些技巧和经验……

我想这可能就是足够喜欢。不会因为曾经那些失败的舞台表演和出丑，就畏惧和退缩。

而这也就是理想的力量，它会在很深远的地方始终牵引着你的内心。那是你一切行动的源动力，让你去克服那些困难和烦恼。

而妄想，是根本不愿承担那些麻烦。

4

我甚至觉得，理想和妄想，像极了爱情和欲望的模样。

就像都市里男女快速的情欲交换，只求短暂相处，之后互相不给对方添麻烦。这样的交往，大概出于动物性的本能欲望。

欲望是常见的，而爱情是稀有的。

同理，妄想是常见的，而理想是稀有的。

因为理想和爱情的共同之处，就是一定带有某种精神性，类似于某种信仰。你甘愿为理想献出自己的时间和情感。你有足够的耐心。你不怕沉没成本。

而你为欲望和妄想付出的，只是找一条捷径。期待快速获得，快速消费掉，快速进入下一个妄想。最后得到的，只有空虚。

最后，我想引用诗人顾城的一段话：

"一个彻底诚实的人是从不面对选择的，那条路永远会清楚无二地呈现在你面前，这和你的憧憬无关。就像你是一棵苹果树，你憧憬结橘子，但是你还是诚实地结出苹果一样。"

时间会告诉你最准确的答案。

秋天到了，一番耕耘之后，就等属于你的果实挂满枝头。

冬

我的音乐的最初模样

　　每个创作者的习惯都不同。有人花费十年打造一张完美或者自己认为近乎完美或者理想的作品。有人就像写随笔一样，用歌记录心绪，随时写，觉得还有点意思、可以给人瞧瞧的，就发了。

　　我就是后面这种。喜欢边走边唱。

　　我的音乐等于"我"，是我的情绪、审美和想法的记录和体现。如果我是一棵树，每一首歌都是生长出的树叶。是偶然又是必然。

　　当我发现，自己在读到喜欢的诗歌的时候，马上有了旋律的灵感，可以直接哼唱起来，这样的即兴和共鸣，给我愉悦感，让我觉得自己的生命和那些诗歌有了某种联结。自然而然的抒发，也就自然而然地做下去了。

　　就像以前在某条微博里写过的，写歌对我，是个人内心世界的记录。不是社会纪实，但是内心写实。

　　比起向外看，我承认自己是更向内看的人。

　　也并非不问世事，也关注热点新闻，但不想刻意做跟踪评判；对自己身上真真切切发生的心理变化，却孜孜不倦，反复揣摩。

比起宏大的社会情感，我确实更看重也更倾向于表达那些细微的个人心绪。

采访者问，难道不会觉得这样格局"小"吗？

不会。

外面的世界，万象森罗，看似是"大"的；内心的宇宙，幽深静谧，也绝不能小看。

心存分别见，轻易就区分大小，我并不认为这是好的理解世界的方式。

况且，时刻坦然赤裸面对自己真实的内心，也绝不是轻松的事。

因为很多时候，人性并非单纯甜美，幽深晦暗常在。就像月之暗面，沟壑万千。细细看来，难免失望。

而人们所向往的初心、纯粹、简单、美好，这些词其实是一类：是人性中那些明亮的部分。

它倾向于不战而胜。甚至是不战不胜。

可能，它们代表着一种人与世界、与自己在某种意义上的真正和解。

我想到那张最初的 demo 专辑《晴日共剪窗》，时至今日，仍常常听到一些新的反馈。有人说还是喜欢那时，那张粗糙的，呼吸声和瑕疵都没有修改处理的作品。是我的音乐最初的模样。

我庆幸自己，从一开始就没有怠慢自己的创作动机，郑重对待那些简单的和弦。

它偶然装入了我从事创作时最初的心思。那是生活里照进来的一缕光。给了我某种最适合自己的表达方式。

她不想赢。只是自顾自地表达着。也因此被念想。

面对那些质疑的声音

1

我曾读到，"程璧在造型和作品上一以贯之的定位，是一种包装，或者说是'人设'。它满足了崇尚文艺生活和日系审美的年轻群体。"

写作者理解我在大众视野的出现，是公司包装的结果。

我想，他应该不太了解，我是"贫穷"的独立音乐人出身吧。刚刚从东京回国的时候，没有正式接受过音乐训练，全是自己摸索。都没有公司看见过我，勿论想要投资包装。

确实，我不喜欢"人设"这样的词。这意味着他人的操纵，把我理解成一种牵线玩偶。

我不是。甚至厌恶这种活着的方式。

"那不是公司包装，也是自我包装吧。"

这倒接近一点事情的真相，但也不准确。我只会穿自己喜欢穿的衣服，只会写自己想写的音乐。我对自己要呈现出的东西管控很

"严格"。我拥有着处女座完美主义"不良嗜好"。

而这无关包装，只是一种个人审美和选择。

2

有采访者问我："相当一部分人好奇，在程璧用诗歌、音乐、美食和日常构筑的美好之下，想隐藏的是什么，或者她害怕失控的是什么？"

其实我也并不理解，为什么会有这样的好奇。

为什么一个女孩向往美好，就要问是为了隐藏什么，失控什么？

心存美好，不应该是天性吗？

面对我的反问，采访者私下跟我说：我在看知乎上关于你的内容的时候，看到一句话觉得挺有意思，"太高人愈妒，过洁世同嫌"。

面对这样的理解，我并不沾沾自喜。因为我没有太高，也没有过洁。

平常而已。只是内心还留存着一种"向往"。

如果这种"向往"也被否定，那我和否定者只能是两种人。各自以自己的价值观活着。

3

"为什么总是唱别人的诗？"

这样的质疑我也听过。这和"人设"之说其实同理，都是从动机上的误读。

诗给了我音乐的灵感，我就唱了。诗那么好，让我想唱。

甚至，我都不想自己画蛇添足再去写类似诗的美丽语言，而是在自己作词的时候，试着用非常白话、口语的表达，以示区分。

我从未想要证明我的作词功力。就像写歌，也不是为了证明我的作曲能力。因为这种证明，毫无意义。

因此，面对有些更加无稽之谈的"抄袭论"，我想说，我还没必要以此下策为维系生存的手段。

就像一开始，我也没想过一定能靠音乐养活自己。但我不怕，因为我有备而来。读了那么多年书，读到硕士，还不至于饿死自己。我还有外语的技能，还可以学习很多东西，我能在这个社会立足，生存下来。

4

一位听众朋友留言对我说：

"感觉过了因为一首歌就持续关注一个歌手的年纪。前两张专辑喜欢你，是因为独特让人着迷。我就想，明明曲一般，原创词不像歌词，唱功一般，这个人或许有其他不受这些影响的特质吧。所以就算你可能删评论也对你黑不起来了。我看来最确定的是，你是对自己的作品认真且有标准还有一套审美观的人。敏锐的触角可能会渐渐迟钝，才华可能会不合时宜，但相信至少这点你能一直一直留住，也会让我一直一直跟着你。"

读到这位朋友的良苦留言，我一边觉得安慰，一边觉得难过。

一直对于非议的沉默，使得他这样的听众朋友也承受了这种质疑。

利用音乐平台删除对自己不利的评论？

我没有这样的"势力"。音乐平台也不是我家开的。如果有，我也不会这么一路自我摸索，做最低成本的独立音乐了。

我确实注意到，《早生的铃虫》这张专辑一经发表，评论里来了一大片"恶语相向"。完全不是我的听众的说法方式，也不像听过作品。

因为那些内容，不是针对音乐，而是针对人。面对这大量篇幅的人身攻击，是平台方选择了予以清除。

现在回想起来，对于整个事件发生，我觉得最有歉意的，是金子美铃。那张专辑视角非常小众，那时候她是一位不被中国大众所熟知的日本童谣女诗人，去世很多年了。她的作品敏感、明亮、洞察。

我期待的是中国听众第一次对于她作品的讨论。却没想到是针对我的"讨论"。

这间接抹黑了她的干净的诗歌。

5

如今，我清楚地知道一件事：一个人的存在，一定会被他人从各种角度认知和解读。

一个人对世界和他人的认知和理解方式，往往映射着他自己。他内心是暴戾的尖锐的攻击性的，他所看到以及生活的世界就是这样的。所有都来源于这个人的阅历、经验和学识。

我只能忠于自己内心的真实想法活着，顾不了那么多。我庆幸自己一路上足够幸运，那些愿意听我的音乐的人，还诚挚地不断地告诉我他们的喜欢。

我虽然说，只是自顾自地表达着，但也期待共鸣。

当我将真心托出，愿识得之人接住。

冬

我的个性是什么

很多人第一次来到我的微博，看到最上面置顶的那条："一个问题，你是因哪首歌而来？"

这条微博发出至今，收获了一万多条真切的留言。

我常去留言区溜达。看到来访者写下的那些歌的名字，我便知道又传入了谁的耳朵，也许让他或她想起了一点什么。每天都有几条新增的回复，我也因此每天得到一些鼓舞。

其中有一个回复，我注意到，他没有写歌的名字，而是写，"因你的个性而来"。

我的个性是什么？我也常常问自己。

可能温柔是我的歌里被听到的最多的感觉。有人说，听她写的那些歌，一定是经历了很多自我安慰的时候。这句话有点戳心，确实写下的那些歌，大部分都是我对自己的喃喃自语。是一个人时候的寂寞和温柔，是自己关照自己，是生命里默默的倾吐。

但我也说过，"我把温柔都写进了歌"（这句话也成了《南方人物周刊》的一篇采访题目）。而它的言外之意是，我在生活里可能不是这样噢。

当我再翻看那篇采访，好像又一次重新审视自己。北方大妞的性格也非常外显。其实，我知道自己根本不是什么温室里的花朵，更像是一棵野生植物。

回顾这些年，确实是有点肆意生长，有点无知无畏：

生长在广袤的北方平原，黄河岸边的淳朴小镇，在大片的麦田和凛冽的秋风里，我肆意奔跑着长大；

觉得人生就一次，还是想去最理想的学府读书，就努力考研去了北大燕园，在那里第一次知道了什么是世界的广阔和自由；

学了很多年日语，听了很多东京独立音乐人的作品，看了很多日本设计师、摄影师以及电影作品，想去这个国家体验和感受，于是转身远渡重洋开启异国生活；

为自己的"缘分"争取，如愿以偿去到自己最欣赏的"美学实践者"原研哉的研究所工作，我看到了他是怎么样让自己的一点点艺术想法萌芽，直至长出茁壮的根系；

不断积累着旋律，决定辞职回国，写歌录歌，正式发行了第一张独立音乐专辑《诗遇上歌》。

这些年的肆意生长和无知无畏，回赠了我的今天：拥有以做喜欢的事为生的权利。

那些年，我的心绪，就像一直停留在人生的夏天。正值生命力旺盛的季节，还有很多好奇心。给点雨水，给点阳光，就又冒出了几片小叶。就像刚刚长出来的青色西红柿一样，不知道你有没有仔细观察过，它带着毛毛的小刺。柔弱的，又是无所畏惧的。

有时候我想，温柔这件事和肆意这件事，也并不是矛盾的。就像一位女性身上的优雅和野性，是并存的。

我喜欢这样多层次的质感。我想成为这样的女性。

成为母亲后的我

要做妈妈这件事，是什么时候开始出现在我的计划之中的呢？也许是进入三十岁之后，觉得要做点什么不一样的事，体验一下不一样的人生。

这件事并非来自家人的压力。在我有了宝宝之后，爸妈说，他们心里更踏实了。但他们之前确实没有催婚催生过。从小就是这样，他们了解我，不是自己甘愿的事，谁说也不管用。

想要步入这个阶段，内驱力是来源于我自己。不是完成任务，只是想要体验。想要亲身了解一下生命的奥秘。

二十岁到三十岁的这十年，我一直尽兴地做着自己。读了最想读的学校，去了最想去的城市生活，做了自己最热爱的事，并可以以此为生，知足。

三十岁到四十岁的这十年，又该怎样度过呢？以前的我，没怎么考虑过女性身份这件事。对性别的意识很淡薄。从小父亲也把我当男孩养，说着好儿郎志在四方。直到过了三十岁才发现，要不要考虑体验下生育的苦乐，还真是一个需要思考的问题。

我觉得自己对这件事，还是好奇心大于害怕以及不安的。小时候一家人热热闹闹，和哥哥们吵吵闹闹，很喜欢这样的家庭氛围。了解到一些生育知识之后，得知对于女性身体来说，三十五岁算是个分水岭。过了这个年纪，就会被划入高龄产妇了。高龄产妇意味着更紧张的产检，很多危险因素的概率提高。

我想，那就尽量三十五岁之前吧。在 2019 年我刚刚做完一轮全国巡演之后，三年疫情开始。那时候我在东京休养生息，算是一个时间节点。和先生商量，要不就现在吧。他说，都听你的。2020 年，我们开始备孕。2021 年，Poem（儿子小名）健康出生。

我发了微博和朋友圈，写道：欢迎来到这个世界，你是我们写下的一行小诗。

不得不再次感恩于命运的慷慨，一切都在计划中顺利进行。是的，生育这件事，是人为，也要看命运或者说缘分的安排。胚胎的自然淘汰率是 15%，整个孕期有着各种未知状况可能出现。经历了孕期，让我学习到的事情就是放平心态，顺其自然。

生产的方式，是以我最希望的方式来进行。我提前做了功课，选择了东京的一家私人产院，这家最擅长的就是"全程无痛计划分娩"。院长毕业于早稻田大学，理念创新且超前，还写了一本关于新式生育的专著。

其实，在日本无痛分娩并不普及，这种全程计划更少见。全程计划的意思，是不需要等到"自然发动"，也就是出现阵痛，而是在胎儿足月，也就是 37 周以后，自己选一个日子，就去生。虽然是顺产，但可以选择孩子的生日。这一点让我觉得很神奇。

而"无痛"，已经是全世界一项比较成熟的医学技术。靠脊柱麻醉，来消除十指全开时据说如断指般疼痛程度的阵痛。是的，我只能用"据说"这个字来形容。感谢现代医学，让我躲过一劫。十指全开的时候，我躺在手术台，还和院长谈笑风生，想象着到底有多痛。

我也是经过后来研究才发现，其实大部分日本女性的观念还是相当保守和传统的。不少人甚至还认为无痛对胎儿会有不好的影响。据说 80% 还是选择不靠人工干预的自然分娩。还有人认为，生育之痛是必须承受的，好像不经历就没有做母亲的资格。而与之相反，倡导女性独立的法国，80% 的女性都会选择无痛分娩。单就这点，我必须站法国女性一边。

一个美好的生育体验，也是之后承担母亲角色的良好基础。母亲二字，常常带着伟大的光环，也是枷锁。因为这两个字，常常意味着不计回报的付出，日以继夜的操劳。确实，照顾一个小婴儿是一项非常熬人的工作。其中母乳亲喂最是辛苦。

其他任何工作，都可以有人替代。但是母乳亲喂这一项，意味着你要承受最初不适应的疼痛，以及夜里每三个小时一次的起夜。因为泌乳需要这种规律性，否则就会不足或者淤堵，出现乳腺炎、发烧等症状。

产后第一个月，我住在产后护理中心。为了好好休息尽快恢复身体，夜里还是把婴儿托管给护士，属于奶粉和母乳混合喂养。其实，有点后悔第一个月没有坚持夜里亲喂，影响到了后面的泌乳量。但是我也知道自己按照身体状况，尽力就好。

就像身边有的妈妈，一开始就选择奶粉喂养，彻底解放。虽然都说母乳里面含有奶粉所没有的免疫物质，但这一条并不能成为禁锢妈妈的桎梏。按照自己的意愿来选择怎样做妈妈，是每个妈妈的基本权利。

家人都应该是鼓励和支持为主，没有任何人可以强加，必须母乳，必须怎样。

成为母亲之后，我体会很强烈的一点，就是我选择我承受。生育的苦乐，我一开始就有心理准备。幸福和辛苦都是成正比的。没有对错，就是一种甘愿。

当听到 Poem 开心的笑声，我的心也快融化了。当夜里无数次被哭闹唤醒，整日黑眼圈的时候，我也告诉自己，要加油。既然选择，那就尽兴。我喜欢亲力亲为，沉浸式体验做妈妈。也不舍得假手他人。

很奇妙，也许这就是本能，会不想离开这个小家伙一分一秒。以前我自己出门散步，偶尔会觉得孤独。出去玩，还觉得有点浪费时间。现在有了这个小家伙，推着他的婴儿车，几乎把东京角角落落都逛遍，打卡了好多我自己之前没去过的好玩地方。一边享受闲暇，一边完成育儿。觉得特别充实。

在这同时，我也继续我的音乐创作。有空还能翻开诗集读几页诗。文艺青年这种病，生个孩子没治好，我反而更加热爱艺术和美。

想要和他一起去发现这个世界我没看过的美丽角落。

成为母亲，不是进入一个特定阶段，而只是多了一个身份而已。我还是我，我又是 Poem 最温柔的怀抱。我会在辛苦的日夜里长出皱纹，而心里曾经的沟壑又会被他清澈的双眸抚平。

做母亲从来不是一味的单向的付出，是他给了我做母亲的身份，给了我这份神奇的体验。我的收获好像更大一些。我明白了母亲这些年的辛苦操劳，明白了她为何甘之如饴。明白了她的每一道皱纹都是怎样长出，明白了她为何对生活无怨无悔。

疫情结束，我终于能够带着 Poem 回国和姥姥姥爷见面。晚上，我帮母亲洗澡搓背。不知不觉她已经七十多岁了，已经无法自己顺利迈入浴缸。我扶她进入，并在门外静候着她的吩咐。她竟然还有一些难为情的局促和害羞。

那一刻，我感到一些岁月的暖意。想到了无数次妈妈帮我洗澡的小时候。如今我可以些许反哺，些许为她做点什么。就是这样细微的瞬间，会让人跨越岁月再回头，感悟到亲情的美好，也让人感受到生命的意义。

春

与友漫步樱花路

相机小伙伴

认识裕树和森川，是在佳能实习那一年加入写真部（摄影社）的缘分，后来回想又像是命运的安排。

那是命运给我最清新、温柔的糖。

我们有那么多的相似点，都爱相机，都爱音乐，爱生活。裕树是相机开发设计师，性格内敛一些。而森川是在市场开发部，比较外向，偶尔会在东京都内的某个画廊空间，筹备举办自己的小型摄影展。

他们手里经常出现各种型号的不同款式的中古胶片相机，德国的、日本的，各种见过的没见过的品牌，莱卡、奥林巴斯、美能达、富士、佳能等。有中画幅、大画幅，外形看起来都特别酷。

读大学时的我，在豆瓣加了"相机生活"这个文艺小组，组内有全国各地喜欢胶片相机的年轻人，大家都很痴迷于胶片相机，都喜欢用镜头记录日常。那时候我幻想着有一天毕业到日本，就可以摸到各种各样型号的中古胶片相机。结果就在东京遇到了痴迷相机的他们。那种感觉就像是找到了组织，在东京有了自己的相机生活三人小组。

那时，我刚在东京一家证券公司开始工作。作为上班族寻常的每一天里，我一个人生活，起床洗漱，吃简易的早餐，换乘固定班次的电车，随拥挤的人群，去往工作地点。

曾经以为，在这样日复一日的生活里，我和潮水般穿越人行横道的人群一样，生活里可能也只有匆匆和忙碌。就像每年到了十一月份的午后日光一样，还来不及好好感受，一过三点钟就开始黯淡，匆忙地消失在步行道的尽头。

然而就在这样干巴巴的每一天里，因为认识了他们，东京生活蒙上了一层温柔的文艺色彩。在上班前等候的站台前、拥挤的电车上，时常收到他们传来的只言片语。

今天早晨稍微起早了一些，上班以前我去家附近的河边散步了。有云浮在空中。太阳时隐时现的。可真是秋天的氛围啊。

工作结束以后，去车站附近的时候，深蓝的天空下，周围都是寒冷的空气。耳机里开始播放 Fisshu mannzu 的 *Baby Blue*。听到这个以后，心里觉得，冬天真的总是带些伤感的气氛呢。

下北泽的街道很有趣的。有很多喝茶的小店，还有美丽的教会，周围种满了银杏树。哈，当然还有我最喜欢的点心屋。

所以经常和我的朋友约在那里见面呢。在附近走走，拍下照片，就过了周末。

下个周末，和我最重要而且愉快的相机朋友一起吃晚餐吧。店是在自由之丘的 RED CHAIR。18 点我们在车站碰面吧。他是"治愈系男子"呢。（笑）

岩井俊二电影《花与爱丽丝》里面有一幕是在海边。花、爱丽丝还有前辈一起去寻找"回忆"的地方。记得那时候随海浪一起漫天飞舞的扑克牌吧。好想去那里散步。

当看惯了每一天重复的画面，不知何时开始，我变得麻木而漫不经心。像面对袖口起球的旧毛衣，甚至会有些不耐烦。遇见一样的人，吃相似的食物，忘记了其实每一天都是新的自己。习惯了固定的生活节奏，走地图上距离最近的熟悉的路，却忘记了每一天都是仅经过一次的风景。

就在这样不紧不慢的节奏里，他们却总是兴致勃勃地叙述每一天，邀请每一天。看到他们，我就又知道了自己想要的生活是什么样子。

我们常常约着在周末一起漫步东京。

裕树从还是冬天穿短裤的小学生开始，就生活在东京，对这里的每个街道和转角几乎都熟识。一下就可以说出哪里有夜晚看得到的展览，从惠比寿的写真美术馆到茅场町的小山登美夫。他毕业于东京理工大学，特别喜欢设计相机，一直热爱着这份大学毕业后就选择的工作，已经这样持续了十年。而森川像是沉稳之外更加跳脱的角色。他来自三重县，大学读书时来到东京。他不仅喜欢相机，也会在家弹吉他写歌创作，可以说是个妥妥的"文艺男青年"。

不得不说，他们两个都长得非常好看。可以说是电影中的那种日式美少年，就像岩井俊二拍摄电影《情书》里的男主角、柏原崇所扮演的藤井树那样，安静又清澈。清秀的外貌加上对文艺的擅长与喜爱，让他们被身边很多女生青睐。

我对他们来说，是一个突然从异国而来的女生。在他们面前，我好像一点也不含蓄，总能释放最本真的自我状态。初来乍到，不懂的事情有很多，都一五一十请教他们。他们对我格外包容，完全不会笑话我的无知。

我的食欲特别好，和他们去餐厅总是吃很多。出门走路，脚里面经常灌沙子。这些在异性面前要在意的地方，我却毫不在他们面前掩饰。出糗了也不会害羞。相处久了甚至会忘记性别不同，就像是同一个家里的小孩一样的感情。

我们几乎把东京喜欢的街道都走了一个遍。三个人一人手里拿一只自己喜欢的胶片相机，自由之丘、下北泽、代官山，走走拍拍。累了就在咖啡店喝咖啡吃点心，有一搭没一搭地聊天。

东京之外，我们还乘船去了大岛，住了一晚。那是位于东京之外的一处离岛。约定好的那个周末早晨，因为积攒了一周的疲惫，我竟然睡过头了。他们两个人在乘船码头给我打电话，怎么都联系不到。但凭着对我马马虎虎性格的了解，也大概猜到了我估计还在梦乡。于是他们买了船票，先出发了。

那个早晨正好是雨天。后来听他们说，几乎什么也看不清，大雨滂沱。而等到我终于赶到岛上的时候，天也晴了。我记得特别深刻，当船靠近码头的时候，我被眼前的景象惊呆了。陡峭的山崖就在眼前，深褐色的岩石，给人那么巨大的压迫感，同时又让人很过瘾。雨后植物和岩石都被冲刷得闪闪发光，还有一点彩虹，那感觉就像是来到一片美丽的新世界。

这种非日常的风景总是给我很多兴奋。这也是我们此行的目的。

他们两个已经租了一辆车，绕着岛跑了一圈，然后正在码头上等我。好像他俩是当地的岛民一样。见了面，我不好意思地挠着头，三个人都笑了。

我们在岛上漫无目的地溜达着，走走拍拍。找到了当地的一家小餐馆，木制小屋，里面是一位老奶奶，做最家常的饭菜，搭配着饭后香喷喷的芝士蛋糕和咖啡。我们都吃得非常满足，被这种朴素却舒适、离喧嚣很遥远的氛围治愈。

三个人一起去到了岛上的火山口，也是大岛最著名的风景打卡地。那是一座活火山，不定期喷发。其实还是有危险性的。但这个季节据说比较安全。我们爬啊爬，不喜运动的我体力不支，中途休息了两次，终于来到火山口边缘。

那个景象至今都深刻在我的脑海。火山口的直径原来那么大，感觉得有一千米的样子，可以用辽阔来形容了。红褐色的火山灰，还在燃烧的岩浆，赫然在眼前。我们不约而同屏住了呼吸。感叹着我们所生活的世界，其实并不应是那些城市里的人工景象。在壮阔的自然面前，人显得格外渺小。人间的种种俗世烦恼，也显得特别庸人自扰。

大岛之旅的夜晚，是在一家日式榻榻米旅店过的。换上了夏日浴衣，在房间里吃寿司，吹着风扇，聊着聊着，各自休息，旅途也在不知不觉中结束了。本来平平无奇的一个周末，因为有这样的小伙伴一起，就像是进入了一场电影，场景令人回味。他们于我就是这样一份特别珍贵的存在，可以共享音乐、摄影、生活的方方面面。无论岁月如何流逝，他们总有那么多有趣的念头，让情绪从来都温润。觉得珍重。是他们告诉了我那么多，关于生活的顾盼。我们之间的对话，总是自然美好。

有一天，裕树给我和森川发来信息，说："我找到岩井俊二电影《花与爱丽丝》那片海的具体地址了，就在离东京不远的地方。"

我俩都很惊喜，不约而同地说："嗯，好啊，一起去看冬天的海。"

于是又一趟充满期待的旅途安排上了日程。三个人在一个周末驱车前往。裕树开车，森川会随机播放一些喜欢的歌曲，是我喜欢的音乐与氛围。窗外流动的树木让音乐更加动听。跟着他们一起旅行，仿佛所有美好的画面都出现在眼前，所有喜欢的音乐都流淌到耳边。

这样温柔地生活着的人，我在二十几岁的异国生活里遇到，也让我慢慢清晰，自己喜欢和什么样的人在一起，喜欢什么样的生活。

愿意倾听，能认真地解释，那些在吃早餐的时候、走路的时候、风晨雨夕、突然从我口中蹦出的奇奇怪怪的问题。

对于所有臆想的话，会懂得，会微笑着应和，重复着，甚至把它延伸到更远。让我可以毫不害怕开始和继续那些最遥远自由的想象，无论何时。

提前思量各种，细密筹划，准备每一次清晨的出发，和夕阳下的归途。留意平日的细小瞬间，毫不掩饰地表达对它的热爱，知道这就是生活。愿意相信那些纯粹和温暖。步调不紧不慢。让人不经意发现另一个自己。总是兴致勃勃。

这个世界，有那么多美丽的地方，等待着我们去寻觅。微风。海鸟。森。山。而这些，你都了解。于是，人生这趟短旅，只想跟在你身后，to be after you。

而我也把这样的一种憧憬，写进了歌。

旅途陌生人

| 京都短旅及那些短暂的遇见

在东京实习那一年的夏天，趁着公司连休，有三天的假期，准备一个人去京都短旅。

那时候下定了决心不需要同伴，自己准备好一切，好好体会一番独旅心情。于是戴了黑色的草编帽，收拾好背包，闷热的夏夜十二点，找到从新宿地下大型驻车场始发的夜行巴士，一路颠簸前往京都。

这是我人生中第一次独自旅行。觉得内心安然。不会因为路上只有自己而感到寂寞，反而因为不需要顾及同伴的感受，可以自由肆意。

一个人的时候，最能够专注地欣赏风景。

然而刚到京都第一天的傍晚，走完整个洛东地区，坐观光巴士"洛100号"回程的路上，看着窗外夕阳映照的天空和路灯初启的街道，内心便有些怅然空落。前排座位一对熟络的朋友正在热闹地对话，而后排坐着一整天都没有开口的我。

天色渐渐暗下来，网上预订的民宿还不确定能否顺利找到，臆想着若是迷失在京都幽暗的古巷、一个人孤立无援的情景，不觉有些毛骨悚然。

辗转到东寺庵民宿的时候，见到了正在收拾行李的阿藏。她看到我来，抬起头说了句"晚上好"。我看到她的模样，应该四五十岁。她说孩子们都已经独立，终于有时间体验自己想要的旅程。

对谈氛围里的默契让彼此一边惊讶着，一边迅速熟悉起来。她同样准备在京都进行一周的短旅，因为喜欢这里的古建筑和茶室禅庭的淡雅宁静。

她跟我讲自己旅行时候的心情，对时间的珍惜和对一切美的热爱。

阿藏说，可以的话明天一起出门吧。于是第二天的旅行变得温暖而喧闹。去二条城看了障壁画，去龙安寺看了枯山水白砂，吃到了京都古老而传统的咸鱼荞麦面，在榻榻米的房间横躺而卧。

记得走在二条城庭园的时候，看到对面写着"一期一会"的字样。她给我解释说，这是句茶语。茶道里面讲，每一次茶会都是仅有的一次，过了便不再来。所以每一次都要以格外珍重的心情来参加茶会，来对待主人的点茶。

我说，人生不也是这样。她冲我笑，使劲点头，大声说你懂。

天气渐渐变冷，这一年的秋天、彼岸花开的时候，阿藏来东京看梵高的画展。没想到这么快可以再次重逢。我们一起去了她喜欢的旧岩崎庭园，这座日本最初的西洋式庭园，出自一位英国建筑师之手。浅白石壁，风格质朴，色调淡雅。

那时候虽已入秋，城市里还满溢着盛夏的气息，连日光都被葱茏的绿意染成了青色系。我拿着手里的相机，用胶片记录下那时斑驳疏离的树影，也期望可以记录下那时建筑与草木的味道，以及那日舒缓的时光与温热的内心。

那时候的我们，在上野公园站台前拥抱着彼此，又一次说起了一期一会的心情，并对生命里的相遇，真挚地充满感激。那一年的夏季旅行，到这里也仿佛已经满足。

不知道为什么，在人生路上，我总能遇到这种气味相投的、热爱艺术和生活的朋友。我把这些都归为命运的馈赠。

这种遇见，让我们彼此映照着，越来越知道自己真心所爱的是什么，自己是什么样的人。在一次一次温柔的遇见中，知道自己是顾城所说的橘子还是苹果，越来越诚实地面对内心，然后坚定地做自己。

佳能写真部的忘年会

2011 年末，当我在佳能公司作为实习生即将结业的时候，也到了日本一年一度忘年会的季节。

忘年会就是年末的聚会。除了我当时实际工作的部门，我加入的写真部也举办了忘年会。在写真部里面确实认识了一群有意思的人，也许没有像裕树和森川一样，有着那么深的交集，但因为大家都是爱相机的人，也都是性格奇奇怪怪的人，相处起来也那么真挚有趣。

长谷川是那种邻家哥哥的类型。忘年会那一天，我收到了他送的童话书。看到每个人都不停举杯，他扭过头，认真地解释给我说，在日本忘年会就是要这样，喝很多很多酒，然后把这一年的所有烦恼都忘掉。

宇田是超级细心又"贤惠"的男生。去昭和纪念公园拍相片的那天，给大家带来了很好吃的饭团。这次忘年会上，这件佳绩又一次被大家提及，且再次被集体郑重表扬了。早晨起来那么早，他一个人做了那么多的饭团带给大家，里面还有别出心裁的红豆、绿豆，星星点点。然后看大家抢得不亦乐乎，他却只是一边收拾剩下的餐具，一边满意地笑。

坐在最角落的神谷，也是我们的写真部部长，平时毒舌，自带威严，但内心最火热，能够把大家聚到一起。他最近喜欢上了用手机画各种有趣的小画。大家忙着说话的空隙，看他一个人在一边比划了好久。最后拿过来一看，原来是给我画的头像。圆圆的脑袋，头发垂在耳边。他说，我可是认真画了好久的。我嫌弃地说，这哪里像我啊，却笑得很开心。

Heso（日语中"肚脐眼"的发音，是他的外号）又拿出了上次社团活动后大家一起去的那家十分无厘头的居酒屋里给我拍的丑照。我后来几次试图抓过来删掉也没有得逞，以后这些都是他可以拿来笑话我的凭据了。想想还是不甘心。当时那家居酒屋上来一道很奇特的菜，我问是什么，他说是鱼的肚脐眼。我惊呆了，被他拍下来特别傻的表情。后来知道是他故意那么说来吓我的，大家都笑了，以后他就有了 Heso 这个外号。

山田（Yamada）无辜地被我叫成了田中（Tanaka）很多次，到底是哪个发音我总是记不清。可是我知道他是我见过最老实、最一根筋的人。他只喜欢拍水鸟。在他的镜头里面只有水鸟。他背着大个头的白色巨型望远镜头，拍遍了东京所有公园、湖边、河岸的水鸟。从夏到冬。没有人比他对此更执着。

川崎是个每次见面都先要跑过来紧紧抱住我好久的女生，就像宫崎骏童话里的人物一样。她给我看她拍到的东京这些年的圣诞，街道上亮起五颜六色的圣诞树，还有精心布置的灯展。她一边给我看，一边遗憾地说，这几年，政府慢慢减少预算，灯火越来越不如以前好看了。可她还是每一年，都期待着下一年的这个时候，可以拍更多的相片。

前田是害羞的男生。只慢慢地取食物，安静地听大家说话。去昭和公园的早晨，我不知道路线，幸好中途遇到他，有他带路，我们坐一辆电车，一路聊了好久。他给我看去异国旅行的照片，还尝试过布景和静物的拍摄。那是我印象中唯一一次他说过那么多的话。

到了餐会的末尾，我被要求做最后总结发言。想了想，说：

"虽然我的实习生活只有半年，在公司的时间很短暂，但在这样短暂的时间里遇到了大家，是这次异国研修实习生活最意外的收获。日常工作每天重复着，可能都是一样无聊的事情，可每次和大家在一起的时光，却都是那么开心，那么独特。

我就要离开日本，回到中国，要说再见了，但并不觉得寂寞。以后的日子，作品仍然可以互相发给对方看，仍然可以分享好多有趣的事情。所以我不会感到难过，人生还这么长，和大家之间的交集，现在可才刚刚开始。

在这里的所有部门中，最爱的就是写真部！"

在我这番炙热的表白中，忘年会也到了尾声。大家鼓掌，眼中闪着亮晶晶的光。

东京的十二月，是红叶刚刚红起来的季节。风还不算冷，加一

春

件外套就不怕出门。可年末的气息已一点点浓郁起来。

　　人生里处处是离别和结束。那些共处的时光、琐碎的细节，慢慢都化作剪影，渐渐变得模糊，渐渐晕开到记忆的深处。并不会褪色，而是成为生命底色的一部分。

　　停留在远方的目光是在张望明日光景吗？每个人内心已经悄悄地开始对来年的期待。

影响过我的东京独立唱作人

当我在东京这个城市真正生活下来，我开始去到那些不慌不忙的街区。比如满是古着店、杂货店、住着很多奇奇怪怪喜爱艺术的人们的下北泽，再比如闲适如同欧洲小镇一般的自由之丘，或者坐远一点的电车，去到生活气息浓厚的三鹰。

这些街区最大的共同点，是聚集着一些具有独特品位的音乐咖啡馆，让人充满好奇。走进里面，常常能与一些具有不可思议能量的独立唱作音乐人不期而遇。他们轮番演奏着最熟悉的乐器，一边唱着平日写下的那些歌曲。完全脱离了浮夸的灯光和舞台，朴素、自由、不受束缚地唱着。

在他们的歌里可以听得到"生命"。

1

要与大家分享的第一位歌者，是福原希己江。初次了解福原希己江的音乐，是来自东京一位老友的推荐，就是裕树。那时他来北京旅行，夜里来学校与我见面。再次见到老朋友我格外开心，与他一起坐在北大燕南园，边聊天边吃煮花生。

他说有一天，在东京的一家小 livehouse 看演出的时候，遇到了一位喜欢的歌者。她最近出了一张原创专辑，名字是《美味しい歌》，中文意思就是《好吃的歌》。我感叹，专辑还可以有这么有趣的名字，那里面是什么样的歌曲？于是他放给我听。当裕树按下播放键那一刻，世界瞬间变成她和她所演唱的那些食物和故事了。声线不甜不腻，自由朴素，唱着那些最司空见惯的日常食物。和弦走向毫不扭捏，听者的思绪却会跟着她的旋律一起翩翩起舞。

后来我去到位于东京都三鹰市的"音乐时间"咖啡馆，在夜色里去听她的小型音乐会。结束后与她打招呼，感觉她是很爽朗、有着幽默感的姑娘。那天她演唱时，就穿着常去的日式鲷鱼烧店里专门印制的纪念 T 恤，上面画着大大的鲷鱼烧。她边弹着吉他，边悠然唱出她那首专门为鲷鱼烧而写的歌。歌词是："一边吃着鲷鱼烧，一边回家。一边加着调味料，一边走着。他最近好吗？感冒好些了吗？心里想的全是这些。"淡淡的歌词，都是对内心日常的摹写。

印象深刻的，还有她的那首《青椒肉丝》。在日本，青椒肉丝作为中华料理的一道代表菜，已经家喻户晓，她也很爱吃。这首歌的旋律轻快俏皮、朗朗上口。歌词里写道："有一天，我去街上买了一口中华大炒锅。没有这个就做不成一样东西，那就是你和我都喜欢的青椒肉丝。做法其实并不难，把蔬菜和肉用大火炒一炒。青椒、红椒、蘑菇、牛肉，火候一到，就做好咯。"

如今我在演出现场，也会时常唱起这首歌。歌词虽然是日文，但大家听到"青椒肉丝"的时候，就会恍然大悟一般笑出声来。可能是把"青椒肉丝"这么一个普通的词放在歌曲里面唱出来，一下变得不一样了吧，有种特别的趣味。可以超越国界的东西，除了艺术，还有就是食物了。

后来才知道，其实那年热播日剧《深夜食堂》里面出现的吉他弹唱姑娘就是她，而且整个片子的插曲配乐都是由她完成的。因此她收获了很多听众，《好吃的歌》专辑也在短时间卖出去一万张。这个销量在如今的数字音乐时代，是相当可喜的成绩。

有一次浏览她的 Facebook 主页，发现她在介绍朋友家的米店，还因此写了一首关于大米的歌。第二年五月，她发行了自己独立制作的第二张音乐专辑《互相靠近的人们》，编曲有了一些改变。之前只有一把古典吉他的伴奏，现在开始变得丰富。每次听到她的曲子，都能感受到一种发自内心的快乐。

低吟浅唱，都是生活里最真实的味道。

2

与福原希己江的"日常"风格有一些不同的，是另一位我非常喜欢的东京唱作人，名字叫汤川潮音。有着空灵与唯美的声线，是一位具有北欧田园浪漫主义气质的歌者。

听到她的第一张专辑，是 2008 年出版的《灰色とわたし》（《灰色和我》）。里面的歌是她一个人远赴欧洲，在郊区的录音室，与做音乐的朋友们一起制作完成的。里面的她声音悠远、清透，每一个乐句、每一段旋律，都诗情漫溢。

再后来听到她的那张 *Sweet Children O'Mine*。整张专辑竟然把西方近年来的经典摇滚曲目拿来重新改编。比如 Oasis 的 *Don't Look Back in Anger*，Bobby McFerrin 的 *Don't Worry, Be Happy*，甚至包括 Radiohead 的 *No Surprises*。抒情民谣风格的全新编曲与演唱，让人耳朵惊艳。

在这些翻唱曲目中，我最爱的一首，是她改编自 The Pretenders 的那首 *Don't Get Me Wrong*。完全消解了原曲的快节奏和紧张感，换成浑厚贝斯的温柔烘托。带来的是春末夏初的无限浪漫。

她的新专辑《濡れない音符》，意思是不会潮湿的音符。这里面的编曲与以往的作品又有不同。这次使用的乐器里面，没有她最常使用的古典吉他。伴奏乐器以钢琴为主，再往上叠加各种古典乐器，如小提琴、大提琴、号、风琴。完全走室内乐路线，越来越有"教会感"。

说来有趣，迄今为止，她的所有巡演专场音乐会，地点都选择在可以承办音乐活动的教堂。也许这并不是因为她本人的宗教信仰，而是在这样的空间演唱，更符合她演唱时候的庄重感和虔诚的姿态。

有一位朋友，在我的推荐下，看了她的现场录像。然后跟我说的第一句话是："她唱歌时候几乎不笑啊，没有表情的样子，看起来有点可怕。"我想，一定是因为平常他所看到的，都是电视上播出的那些女子偶像团体，笑容元气满满、露出很多颗牙齿吧。

在这个世界上，唱歌的人有很多种。有些唱别人准备好的歌，有些唱自己内心流淌出来的歌。这样的歌，不迎合，不争露头角，在自己的领域做到极致，懂的人就懂了。就像是她和她的音乐。

有时候，给人内心传达一种能量或者温度，并不只是靠一张笑脸。那是浅层次的。真正抵达并稳据内心的力量，从来都不是对方急切抛给你的。总有一些人，自顾自地认真生活和歌唱，而当你看到世界上还有与自己不同的这样的人以后，一下便会对平常所见的世界和生活，产生更多、更美好的憧憬——

那是一种无法描述的，唯有自知的，笃定的喜悦。

突然发现，我所欣赏的歌者，以及在任何领域从事艺术的人，大都在用他或她的方式，让我在某一瞬间，感受到这样一种深层次的共鸣。

3

优河（YUGA），又是一位气质非常特别的唱作人，可以说充满朝气而优雅。有时候，似乎有点男孩子气，所以朋友亲切地称呼她为"相扑手"。这点傻楞楞的男孩子气，让我觉得和她有相似之处，因而感到亲切。

初识她，是某日我在东京涩谷，一家名叫 SARAVAH 的 livehouse 演出之后。那晚她正巧也在。她坐在观众席听了我的歌曲，然后一起聊天。才知道原来她平时就在这家店里打工，每月在这里举办一次音乐会。并且，她已经在这家 livehouse 的厂牌下，发行了她的首张专辑 *Elegant*。

这是我很喜欢的一个英文单词，它有着举止优雅的意思，也有简洁大方的意思，代表了一种好品位。

在与她的谈话中，我了解到优河在高中时，已经独自一人，赴澳大利亚留学。目前，回到东京，就读于一家专门的作曲学校。她还没有走出校门，但已经有了大部分音乐在校生所没有的阅历和胆识。从与乐队键盘手、鼓手以及贝斯手的默契配合中，很明显能看出，在舞台上歌唱的她在整个乐队中，占据着灵魂和主导地位。

她五官精致，但外表不是那种柔弱的女生，也不是那种酷酷的女生，大家开玩笑叫她"相扑手"，可见她身上带着某种憨萌女汉子的气质。她写的歌却又那么细腻，一段旋律通常很长，转弯很久，余音不绝，有一种令人回味和深思的美感。

歌唱时候的她，和平时嬉笑的她，完全像是两个人。她是有着两面性的人。而这两面，居然很默契地，住在同一个身体里。在恰当的时候，表现出恰如其分的姿态。让人并不觉得突兀，或者惊讶。

听她的现场，确实感觉到朝气和力量。最重要的，是听到一种年轻女孩通常没有的沉着的底气。她的旋律走向会让人着迷，并很快记住。如今她已持续活跃在日本乐坛，收到音乐节还有广告歌曲创作的邀请，也为电视节目创作主题曲，她的独特嗓音以及旋律传播到了更多人的耳中。

4

认识羊毛和花（YOUMOU TO OHANA）的音乐很早。那时还未到东京，却已然从他们的歌里，听到了这座城市的某些气质。

他们是一男一女，两个人的独立民谣组合。男生名字叫作羊毛，专注弹一把古典吉他；女生名字叫作花，是这个组合的主唱。很有意思的是，和前面提到的汤川潮音一样，这些东京独立音乐人，都喜欢翻唱上个世纪西方的经典英文歌，而且都演绎出自己的风格，别有趣味。花的声音实在是太特别了。简单，干净，空灵，遥远。小小的卷舌音。让你一听就不会忘掉。搭配着羊毛高超的吉他弹奏技巧，两个人可以说是天作之合。

羊毛和花翻唱过很多经典欧美歌曲。包括英国著名歌手斯汀的 *Englishman in New York*。带有主唱花独特气质的卷舌系英文发音，让我再一次爱上这首歌。非常推荐他们 2007 年的专辑 *LIVE IN LIVING'07*。他们的专辑都是在现场直接录制，音乐的鲜活与生命就在现场。那种身临其境的感染力，是唱片刻录所永远传达不出的。

另外，羊毛和花的演唱空间选择，都是在当地不起眼，但非常舒适的小咖啡馆。这也非常符合他们音乐里轻松而且自由的气质。这使我开始注意到，音乐的发生空间，确实也会反过来影响音乐的气质。观众在不同的空间，即使听到同样的音乐，整体感受也会不同。因此音乐人根据自己的音乐特点，选择合适的音乐场地，是一件很重要的事。

春

像之前所说的汤川潮音，她的音乐现场常常选择当地教会。因为她的声音空灵而悠扬，带有一些庄重的气氛，十分适合在教会这样的场合展现。而羊毛和花的音乐，大多发生在带有文艺气息的安静咖啡馆，他们的音乐开始最多被播放的场所，也是这样的咖啡馆。后来他们甚至举办了在全国咖啡馆的巡回演出。来到这里的人的气质和他们的音乐很契合。

听者和歌者是合拍的同类。

就像那句歌词里唱的，"Too many people take second best，but I won't take anything less"，这种对喜爱的事物，对音乐、情感甚至空间的极致追求，都是一种严谨的艺术态度。

羊毛和花的气质影响了我，也影响了我的音乐态度。在北大参加十佳歌手大赛的时候，初赛我选了他们的歌 Perfect 翻唱表演，复赛又选了那首《晴れのち晴れ》(《晴日复晴日》)。可惜的是，花在2015年因病去世了，再后来我在东京经朋友介绍认识了羊毛，和他一起录制并合作了花曾经写下的一首歌《守护之歌》，日文是お守りの歌，我翻译并唱了中文版，也算是一种纪念和致敬。

在那之后，我在东京和羊毛也陆续有音乐上的合作。再后来，我有了宝宝，羊毛的儿子也出生。我们在立川的古董跳蚤集市的音乐节上再次遇到，在秋日的阳光下抱着宝宝一起合照。

很奇妙的时空感和缘分。当我在大学读书，耳机里听到他的吉他弹奏，为此着迷的时候，没有想到有一天我们会在东京有这些温暖的交集。

都是音乐的牵引吧。至今我也时常会翻出羊毛和花的经典专辑来听。仿佛花从未离开一样。也仿佛我的青春还在原地一样。

5

介绍下面这位音乐人的名字，似乎有点难。因为她的名字根本没有汉字，就是一串片假名：カラト ユカリ（KARATO YUKARI）。

第一次遇到她，是在离东京稍微有些距离的三鹰市。有一家在地下一层的音乐咖啡厅，名字叫"音乐时间"。里面的家具布置，有点昭和气息的古旧感。舞台是用常见的绿色黑板做背景，上面画了手绘粉笔画。

在她开始唱第一首歌的时候，我就被她脸上的表情和传达出来的氛围吸引了。她和福原希己江很像，同样都是在这家咖啡厅活跃的音乐人，她们有着共同的特质，就是素朴和真实。歌也是，讲着很平常的生活小事，但有滋有味。

我想，之所以会被她深深吸引到，是因为她满脸洋溢的幸福感。那种唱歌的时候，人生很饱满、充盈，熠熠发光的感觉。她的歌，无论是旋律，还是歌词，常常随意得出人意料。有时候一整首歌，都没有歌词，就是一个字的哼唱。但是，这不会令人觉得乏味。因为一旦你看着她脸上的表情，进入了她的小世界，就会跟她的音符一起想象，会觉得空间无限大。

有时候她唱歌，会唱着唱着，乐器先突然停下来，只是人声。

之后又很自然地接上去。最先听到的那首《给全宇宙最喜欢的那个人说声"喂"》，就是这样。光听歌曲名字就会觉得是被一直爱着的人才会写出的歌。有点赖皮，有点撒娇，有点肆无忌惮。那声"喂"里面，是无比甜腻的幸福宇宙。

6

关于东京的独立唱作人，其实还有很多。比如一位音乐人，名字叫作青葉市子（AOBA ICHIKO），一把古典吉他，就能把曲子演绎得古灵精怪，得到过坂本龙一的盛赞。她的旋律有点玄妙，有点细腻。听她的歌，会五味杂陈，会有无常感。我们在东京的一家 livehouse 曾一起表演，在化妆室她跟我讲自己养了一只仓鼠，喜欢在她的肩膀上跳舞。

还有熊木杏里，她是我大学时期就在听的女声唱作人，身材小巧，声线美妙。她喜欢用钢琴创作，她写下的《七月的朋友》《春风》，我到现在还是喜欢听。后来她来中国巡演，正巧我们是同一家演出公司，我去给她做了演唱嘉宾。同时出现在海报上的那一刻，确实感觉缘分奇妙。

同样给了我超多治愈的，是手岛葵。她的声音因为出现在宫崎骏的动画里而广为人知。而我尤其喜欢她所翻唱的那首 *The Rose*。可以说，在这么多治愈系女声里面，她一定是我的第一名。我记得大学时，夜晚睡前一定会塞上耳机，听她的声音。被她的轻柔的气声温暖包裹，那时候我懵懂而憧憬，也想这样唱歌。

东京这座城市，给我最大的感受，就是它的多元、包容和接纳性。这里有西装革履的工薪阶层，车水马龙的热闹街区，同时又生活着这样一群有趣的独立唱作人。在她们身上我映照着自己，找寻着自己的影子，试图探寻自己是不是也应该这样生活。

像她们那样认真地去创作，去歌唱，便让匆匆奔波的人们，得以在音乐中感受片刻的安宁。

我把活着喜欢过了

很多人从《诗遇上歌》这张专辑开始听我的音乐，尤其是里面那首《春的临终》。

这首诗的作者是谷川俊太郎，如今已经九十多岁，生活在东京安静的街区之一。他在国际文坛上被公认为最生动和最具有代表性的当代日本诗人，"生命""生活"和"人性"是谷川俊太郎书写的主题。

1

1931 年，谷川俊太郎生于日本东京都，十七岁时，正痴迷于组装收音机。而办杂志的友人的一句话，让他开始尝试文学创作。

他的父亲是谷川彻三，日本著名哲学家兼法政大学校长。他把自己创作的诗歌给父亲看，父亲又把诗歌给好友三好达治看。三好达治是日本著名作家和诗人，他把谷川俊太郎的作品推荐给了《文学界》杂志，刊登发表，谷川的诗获得巨大反响，从此谷川一举成名。他为宫崎骏、手冢治虫的动画作词，给荒木经惟的摄影集和佐野洋子的画配诗，他影响了村上春树、大江健三郎、北岛等无数人，曾多次被诺贝尔文学奖提名。获得诺贝尔文学奖的大江健三郎直言，我年轻时曾立志当一名诗人，可在见到谷川的诗歌才华之后，我放弃了这一梦想。

1952 年，二十一岁的谷川俊太郎出版首部诗集《二十亿光年的孤独》。他的诗歌风格，是生动的、鲜活的，很多用词是偏口语化的。似乎是想尽量避免那些严肃而烦琐的修辞，他偏爱使用日常、简明、笔画尽量少的词汇，作品拿给小孩也可以阅读。

他的写作是去规则、去束缚的，可以说非常自由。在看似日常的叙述中，却总有着出人意料的余韵。

在诗歌创作之余，谷川俊太郎同时进行歌曲作词、随笔评论、影视脚本等工作。因此他不仅仅是一位诗人，还是一位创作欲非常旺盛的作家、翻译家和脚本家。

比如谷川俊太郎写的那本《一个人生活》，是一本讲述诗人生活日常的随笔集。我很喜欢读此类文学作品。因为诗人的语言本身精炼、准确、考究，他们擅长在短小的字里行间，用几个不同寻常的字眼，就表达出丰富深刻的含义。

诗人是与词汇最接近的群体。往往最字斟句酌的，就是他们。

如果一个诗人开始描述一个词，通常会写下非常细腻且耐人寻味的一些观点。读他们写的散文随笔，是一种享受。相当于可以做盛宴大菜的主厨，为你做一份小葱凉拌豆腐，有一份独特的精准和清新。

其实，诗人也有很多种。他正是我喜爱的那种类型。如果要和中国诗人类比的话，是海子、顾城，这一类的诗人，也可以称为灵感型天才诗人。但谷川不仅如此，还高产，活得更久，出版了七十多部诗集。

很多年前，十一月份还在巡演途中的我，在飞机起飞之前发了一条朋友圈。那时候手里，刚刚拿到云南朋友相赠的莱昂纳多·科恩的最新专辑。我们都爱他的声音，一位真正的诗人歌者。他把自己写的诗唱成歌。嗓音低沉，魅力无限。科恩发表这张新专辑的时候，已经八十二岁了。不久前才完成了新一轮世界巡演。

我当下写道："谷川俊太郎，下个月马上八十五岁了。莱昂纳多·科恩，已经八十二岁了。他们还在继续写诗，写歌，唱歌。要珍惜。"

当时写下珍惜的字眼，其实有两种含义。一个是，可以写诗唱歌一辈子，这样的人生，真是不多见的。这是很现实的问题，这意味着不仅需要一个健康的身体，还需要足够包容和开放的灵魂。反观自己，到了这样的年纪，是不是可以做到这样呢？他们做到了。要珍惜。另外则是，以后还能听他唱多久、还能看他写出多少新诗呢？不知道。

要珍惜。

之后没过几日，收到了莱昂纳多·科恩去世的消息。就在他发表新专辑后不久。

到今年，谷川俊太郎已经九十二岁了。然而最近他自己却说，年龄越大，越容易写诗。甚至他说："我是非常孩子气的。我写作的时候尽可能回想起幼年时代的感性，甚至找到心中童年、少年的自己。"他的中文译者田原先生告诉我，诗人的身体和精神都非常健康，食欲很好。

2

还记得和这位诗人在东京的第一次会面，是在 2014 年。

当时，我就注意到他的目光。明明脸上皱纹沧桑，眼神却丝毫没有岁月的沧桑感，是灵动的，就像孩子一样。而且一点也没有"国民诗人"的架子。他还被人们亲切地称为"宇宙诗人"。因为他在二十一岁那年出版了处女诗集《二十亿光年的孤独》，写下了那句意味深远的"万有引力／是相互吸引孤独的力"。

他看东西的时候，有点像小动物。眼神亮亮的，特别专注，特别单纯。初初来到这个世界，对一切充满好奇和新鲜感的时候，人才会有这样的眼神。那时候他已经八十多岁了。目光却仍如孩童一般。

第一次见面，是他出席他的画家朋友野田弘志在东京的展览。他穿着一件特别简单宽松的 T 恤衫，以及一条洗得发白的牛仔裤。人是清瘦的，但非常健康。他先是一个人静静地看画，然后作为特邀嘉宾，就这次展览发表讲话。讲话的时候，坦荡荡的，语气既不刻板严肃，又不失在此场合的庄重。

后来，我和他的中文译者田原，一起去拜访诗人的家。他住在父亲母亲生活过的一栋很老的木头房子里，想来或许也是在这里出生。周围环境非常静谧，屋内完全是和风的布置，木结构，榻榻米。里面的摆设，如果从他出生之前就是如此，估计要有一百多年了。

和谷川聊起《春的临终》这首诗，以及我想要谱曲的想法。他笑着说，这是他年轻时候写下的。那时候也就二十多岁吧。我很诧异。

然后他说，临终，是死亡的意思。他写这首诗歌的时候，受到写下《死亡赋格》的德国诗人策兰的影响，想象着在春天死去的场景。

春的临终

我把活着喜欢过了

先睡觉吧，小鸟们

我把活着喜欢过了

因为远处有呼唤我的东西

我把悲伤喜欢过了

可以睡觉了　孩子们

我把悲伤喜欢过了

我把笑喜欢过了

像穿破的鞋子

我把等待喜欢过了

像过去的偶人

打开窗　然后一句话

让我聆听是谁在大喊

是的

因为我把恼怒喜欢过了

睡吧　小鸟们

我把活着喜欢过了

早晨，我把洗脸也喜欢过了

译｜田原

其实我在读到"临终"这个词的时候，没有理解到这种沉重，没有直接想到死亡。因为前面有个春字，我所理解的临终，也许只是终结，春天的终结。那就是更加活力无限绿意充溢的夏天啊，反而一点也不令人悲伤。

直到听了他的话，才更加深刻地理解了这首诗。他之所以会写出，我把活着喜欢过了，是一种释然，一种面对死亡释然的心态。因此他选择在春天，这样一个并没有多少悲情色彩的季节，这样一个总是令人充满期待的季节。

这让我想到了樱花。这种被日本举国上下爱着的花。樱花，不正是《春的临终》最真实的写照吗？在春日，一树一树地开，如雪般烂漫，却在短短一周的花期过后，立刻全部散落。这不正是，在春天死去吗？

我在北大读研究生时的研究方向，是日本文化中的传统审美意识。在了解了这个民族的很多文化和艺术作品之后，我似乎更加懂得为什么樱花被他们钟爱。他们的审美意识乃至生命意识里，其实是悲的底色。一种对生命无法把握的无常感。这可能源自这片土地常年地震，天灾不断。造就了随时面对告别的性格。

也因此，他们对于死，似乎理解得更为透彻和从容。

这种意识，渗透进了他们的生活。因此，生活在这里的谷川，在年轻力盛的时候，就可以写出"我把活着喜欢过了"这样的诗句。

2014 年春末，我为该诗谱曲完毕，旋律几乎一遍完成。我还是用我最喜欢的古典吉他，尝试着高把位，弹奏出一些叮叮咚咚感觉的音符。很安静，像是一滴一滴的雨声，也像是星星一闪一闪。然后我开始试着唱进去旋律线。后期的编曲，加入了很多如康加鼓、雷声的元素，来配合歌词"我把恼怒喜欢过了"。

如今四年过去，我带着这首歌走过很多城市演出，每次唱起，都有不同的感受。

3

除了这首诗，谷川俊太郎共出版了《62 首十四行诗》等七十余部诗集。除了日本当代著名诗人这样的身份，他也是多产的作家、翻译家及剧作家，共创作了六十余部广播剧、话剧、电影、电视剧本，翻译了许多外国童谣，包括史努比这样的漫画书，还创作了大量十分畅销的童谣、童话与绘本。

他精力旺盛。他为宫崎骏的动画电影《哈尔的移动城堡》写了主题歌《世界的约定》。1964 年东京奥运会开幕式，谷川俊太郎负责艺术指导，写了纪录片《东京奥林匹克》剧本。1970 年大阪世博会，谷川俊太郎担任艺术指导，并且参与同名纪录片的剧本写作。

另外，我在他的一段个人介绍文字中，读到这样一段话：

> 儿时亲眼目睹战争的残酷，成年后则亲眼见证了战后日本经济的崛起，外部世界的剧烈变化和公众世界的喧嚣对他并没有产生什么影响，他一直宣称自己"把诗歌当成商品"。"我写诗就是为了赚钱，养家糊口。""写诗与我的私人感情没有关系。""都说诗人是艺术家，但我更愿意称自己是手艺人，我是语言的匠人，以此手艺为生。"

这段话，初读令我感到意外。写诗这么精神性的事，在他还背负着如此受人爱戴的国际诗人的声望时，竟可以被描述成"就是为了赚钱，养家糊口"。而且，一般人似乎更喜欢被称为艺术家而不是匠人，他却反着来。

后来想了一下，又心领神会。读他写下的随笔《一个人生活》，就会理解为什么他说出这样一番话。因为他是一个非常放松的，没有框架的，非常自由的人。随性，直率，写文章不藏着掖着，不过分含蓄，有时候让你觉得过分真实。有回忆，有思考。似乎是有意无意间，平和而幽默地叙述了他自己是如何看待亲情、世情、爱情、死亡、孤独、诗歌、自然等话题。

比如对于亲情的描写。在整本书的开篇《泡泡果》中，有着很多关于他的家人和童年往事的精彩叙述。我们时常读到的亲情题材，往往带着温暖或伤感色调的滤镜，含蓄甚至是略微美化地，讲述父子情，母子情。他不一样，他很直接，略带冷幽默地，毫无顾忌地写着自己的家族长辈们，真实地让人感觉如在眼前。

他写："我母亲的姐姐叫花子，是个大美人。她入赘的夫婿，叫正，也是个美男子，在我的认知里，他们两人体弱多病，一生中有一半以上的时间都是在床上度过，最后在床上告终。旁人都说，阿姨年轻时候罹患肾结核，被判定无药可救，却凭着好强的天性活了下来。姨丈罹患的是一般结核，他靠着谨慎的个性，活到七十几岁。"

也许这就是经常写诗的人才会写出来的文字吧。短短几句，却信息量很足，画面感很强，回味深长。按说写自己的长辈，考虑到礼节，会多少有些拘谨，但谷川并没有。美人罹患绝症，总会让人联想到文学作品里那些好强又美丽的女主角。与之不同，美男子得的是一般的结核，靠着谨慎的个性，活下来。一个好强，一个谨慎。这很让人联想出他们的爱情和相处模式。

关于他自己出生时候的逸事，他写道："我的外祖父，也就是我母亲和姨妈的父亲，叫长田桃藏，曾当过政友会的代议士，据说一年到头总是出资做一些奇奇怪怪的事业。大人告诉我，我能来到这个世上，都是外公所赐。因为，我的父母经过轰轰烈烈的恋爱结合后，听说根本不想要孩子，就在他们打算将我处理掉之前，外公说他想要抱外孙，我因而得救。当我的母亲正在剖腹生产时，我的父亲在医院的长廊玩着当时流行的溜溜球。"

把自己祖父这样一位当时关心世事的大资产家的事业，说成是奇奇怪怪的；把自己的出生经历，描述得如此可爱甚至是可笑。放松而自然甚至有些调皮地，把一波三折的家庭往事，寥寥数语就写完。干净利落，毫不拖沓。最后还不忘加一个在产房外玩溜溜球的父亲。对自己家的人，简直是谁也不放过。

其实，还有更加露骨的一段描写："一旦被生下来，母亲就对我一见钟情，她非常疼我，不过因为我是独子，她也会注意不要太过宠溺我。相较于母亲，没生小孩的姨妈就不顾一切地宠我。我记得在我很小的时候，因为好玩故意将口水滴到姨妈的手上，看到姨妈随即舔掉手上的口水，让我觉得有点恶心。"把没有生养小孩的姨妈那份有些"过分"的宠溺，和当时作为小孩子的自己的真实微妙的心理反应，生动又率真地写了出来。

除了舔口水，在谷川俊太郎结婚然后有了自己的孩子之后，姨妈也把他的儿子和女儿当成自己的孙儿般疼爱。就像对谷川俊太郎那样，姨妈对两个孩子也是宠溺到家。结果，谷川的妻子曾经为此在两家的边界筑起了竹篱笆。当我读到这一段，这最后一句的收尾，实在是差点笑出声来。一个"篱笆"，切切实实地体会到了姨妈和谷川妻子互相的"良苦用心"。

除了这种家庭温情而又可爱的描写，他洞察世情的眼光，对社会历史以及现状的描写，也渗透在字里行间。比如，在《余裕》这一篇里面，他写："如果问人，你觉得害怕失去财产的大富豪和一无所有、露宿街头的流浪汉，谁比较有余裕？虽然大家都会对着流浪汉举牌，但如果问他要不要也当一下流浪汉，任谁都会犹豫。如今这个世界变得如果不用东西和钱把人绑得死死的，就不会出现余裕这个字眼，这是因为人对欲望很难把持，就商业的秘诀来说，商人只要对这样的弱点加以渗透就可以了。"

想起我在大学里面最初学习日语的时候，第一次接触到"余裕"这个词。虽然是汉字的写法，但在我们中文里，不常拿来使用。如果说对应的中文词，大概是"松弛感"之类的吧。这在大都市其实是一件很奢侈的事情。房地产商业广告喜欢把这个词拿来作为吸引人的手段。但如果是通过贷款的方式提前获得了大空间，但背负着金钱债务，这样的话心里会有真正的"余裕"吗？诗人对此存疑，甚至直接指出这就是商业的秘诀。

对于爱情的认知，在《爱情很夸张》这一篇中，谷川俊太郎谈及了自我对爱情的认知。他说："恋爱不过就是我的身体和另外一个身体相会。不同于自然，人不仅仅是身体而已。说到身体，我们当然不能忽视住在身体里面的那颗心。但心和身体只是语词上的区分，原本他们是一体的。每个人都有一颗独特的心。这是人类独有的。但支配心灵以及被心灵支配的，正是千万人共通的身体。它属于超越人类的自然。正因为是人类，所以必须活在这样的矛盾当中。""充满矛盾的身心关系，来源于充满矛盾的人与自然的关系。两者在矛盾中存活，如果同样都有追寻调和的诉求，那么，恋爱除了是人与人的战斗，也可以看成是人与自然的战斗。而大家都知道，要在其间全身而退是有困难的。"

对于恋爱这个话题，结婚三次的谷川先生，应该很有一番体会吧。诗人群体通常敏感而又多情。写出这样一段剖析自我的文字，且上升到某种哲学的高度，谷川俊太郎又是客观而清醒的。

确实，恋爱是人的精神与身体共同完成的一件事。当然柏拉图提到过精神恋爱，但在两个身心健全的年轻人之间似乎很难存在。身体的欲望也同样是人类的本能。但正如谷川所写的，人是一种充满矛盾的生物。因为人类不仅有身体，还有心。

人类的恋爱，不只是满足动物式的互相吸引以及完成繁衍后代，还有很大一部分，是心理活动。两颗心靠近又分离，恋爱有始又有终。诗人也很无奈，在这场战斗中不能全身而退。

对于写诗这件事，谷川俊太郎也发表过自己的一些观点。在《天空》这一篇，他写：

> 十八岁的我写下："越过花／越过云／越过天空／我会一直一直往上爬"，最后可能会"与神／静静地交谈"。
>
> 但六十岁的我，写的是："一天不尽然都是晚霞／光是站在那里不动是活不下去的／尽管它是那么的美丽。"两首诗的中间，有着我度过的岁月。但是，另一方面，诗的价值又跟作者的成熟与否无关。

最后这句转折很妙。让我想起了最近被大家热传并喜爱的一些儿童诗。比如七岁的一位小朋友，她写《灯》："灯把黑夜 / 烫了一个洞。"比如八岁的一位小朋友，他写《挑妈妈》："你问我出生前在做什么 / 我答　我在天上挑妈妈 / 看见你了 / 觉得你特别好 / 想做你的儿子 / 又觉得自己可能没那个运气 / 没想到 / 第二天一早 / 我已经在你肚子里。"七岁八岁的小朋友写下的，直白感人，让人心思柔软极了。

某种意义上，人的想象力在孩童时期都是最宽广的，而诗离不开想象力，于是谷川俊太郎写下这句，"诗的价值又跟作者的成熟与否无关"，是大概这样的原因吧。

总体来说，他的诗歌，他的随笔，让我读起来非常惬意。就像是悄悄钻进了诗人的脑袋瓜里一样。了解到同样作为人类，他在想什么，毫无遮掩。什么都看得见，什么都读得到。不加修饰，毫无虚荣心。常常是不经意间，就会读到令人会心一笑的一些话。最平常最直接的描述，不使用那些花哨的修饰词，这也是谷川式随笔的特色吧。

文如其人。也因为是这样的谷川俊太郎，才会写出这样坦诚的文字和诗歌。

谁都会唱那首歌谣

谁都会唱那首歌谣

那是五月的歌谣

那是一首我亦未知　属于你我

灿烂阳光时节的歌谣

邮差赏遍了

从不诉说爱情的花朵

而我的青春曾经追逐

曼妙无常的云朵的脚步

啊我的心上掠过一片世界

在一切迷茫之间

少女的你　便是我所能选择的唯一

我无限地　将你推开

只是为了　将你无限地拥入怀里

154
春

1

日本诗人寺山修司常写"少女",笔法感性细腻,以爱为名。2018 年,我读到他的这首《致少女》,被诗歌里面一句"而我的青春曾经追逐 / 曼妙无常的云朵的脚步"所击中,后来便有了旋律。

其实,我是借寺山修司的诗句,与自己以往的岁月作别。而作别,也是收藏。

常听到那句歌词"我还是从前那个少年",可是似乎换一下性别,若大声唱出"我还是从前那个少女",就未免显得可笑。这一点,确实是有点苛刻。少年感常被珍惜,而很多人的少女感常被嘲笑。尤其在做了母亲之后。

什么样的年纪应该有什么样的心态,这句话没错。不过,别把自己一刀切。人无论到哪个年纪,心里的那个孩子都在。天真快乐的孩童期,懵懂青涩的青春时代,那些都已经是生命的一部分。就像树木的年轮。

在某个温柔的夜,悄悄把它们放出来,一起与往事共舞吧。

《致少女》,寺山修司写给他心中的永恒的"少女",我却在里面读到了曾经自己的心事。就像以往我读的那些立马会有旋律冲动的诗歌一样,都是因为在那个瞬间,那句诗行,映照到了我自己。

比如,"而我的青春曾经追逐 / 曼妙无常的云朵的脚步"这句,似乎也是对我自己青春的回顾。那些无常的世事和人,我也毫无保留地,就像追逐云朵的脚步那样,热情地追逐过。后悔吗?现在看起来大概都释然了吧。青春无悔，不就是这么一回事么。要不然，怎么尽兴。

还有这句，"在一切迷茫之间／少女的你／便是我能选择的唯一"，也好像是自己对曾经的自己说。在那些混沌的岁月，那迟迟到来的悸动，那二十岁开始对世界所有的好奇和迷惘……最终的解答，不过也是，就做自己。

在朦胧之间刚刚懂得男女之情的年纪，我曾经有过漫长的暗恋期。遇到喜欢的人，完全不会表达。是羞涩的个性，也是读书的压力使然。几乎没有与异性交往的经验。男生写来的情书，都被父亲拦截住了。

到了大学三年级，才开始真正的初恋。他是个钢琴系的男孩，我们在学校的社团活动遇见，他说话温柔，目光清澈。那时候的我，已经藏不住文艺的内心，对这样的男孩毫无抵抗力。好像还是我先含蓄地表达了自己的心意。一天的功课结束后，就去琴房听他练琴。一起去操场散步。写两个人的日记。纯情又幼稚，完全是个恋爱学校刚进校门的小学生。

可是也许我还是慢了太多拍，恋爱方式过于笨拙，和他的恋爱经历处在完全不同的阶段。最后他说了再见，给了我大大的拥抱，像是祝福着一个等待成长的小女孩。温柔的人，就连最后的告别都很温暖。

就这样结束了短暂的校园恋爱。如今再回忆这段往事，已经没有伤心难过，只会莞尔一笑。是青春啊。

2

真的有人可以那么准时地按照自己年龄的数字来活吗？我反正总是慢很多。年龄的问题，值得讨论，但也没有那么值得。

遇到这首诗，正好是在三十岁的分水岭上。我们几个女生相约，有纪录片导演胡弦子、画家墨白、美食达人晴小超，还有年轻的建筑师张唐，那年一起去日本伊豆短旅。

和她们偶然相识，大部分是在豆瓣相机生活小组。交往久了，已经忘记了当初怎么遇到的。回想一下，原来我们都是胶片爱好者，喜欢记录生活里细微不起眼的瞬间。这么说起来，在豆瓣相机生活小组认识的胶片朋友，除了她们，还有几位，真的都是可以一直陪伴走下去的人。

也难怪，在数码科技这么发达的时代，还执着于胶片的粗糙颗粒质感的人，是有些不一样的执拗在身上的。

简单地说，是一群骨子里热爱文艺热爱生活的人。但是她们都把文艺发展成了自己的职业，可以以此为生，就不仅仅是热爱那么简单了。她们每个人身上都有闪闪发光的东西。

胡弦子总是有着无限精力，古灵精怪，带着女主角的光环。她随身携带相机，走到哪就拍到哪。墨白看似柔弱的身板，内核却极为坚定，喜欢滑雪射箭。从细腻的工笔画，到后面融入西方技法，渐渐有了自己独特的风格，画作被越来越多人收藏。

和她俩的交集，从一开始的纯文艺小伙伴，到后面她们找到人生另一半，结婚，孕期，然后女儿出生。再后来，我也陆续步入这些人生阶段，跟她们一起讨论到底选择怎样的生娃方式。

胡弦子崇尚自然，坚持毫无干预的自然分娩。墨白干脆利落，不想经历阵痛的折磨，直接选择剖腹产。胆小的我，最后还是选择了第三种方式，无痛计划分娩。几乎全仰仗着医生高超的现代技术手段，自己全程玩着手机，意识清醒，毫无痛觉，最后简单 push 几下，完成了生娃这神奇的事。

在决定要做妈妈之前，我还特意发了一条微博，来反驳那句"文艺青年这种病，生个孩子就治好了"。因为我看到身边的她们，有了女儿之后，几乎没变。真得了文艺青年这种病，生个孩子也治不好。她们文艺的秉性还和从前一样。只不过现在多了个可爱的小跟班，一起文艺。

在家里做节日礼物的手工，在外面参加露营集市，仍然有空就去旅行。小跟班们也不亦乐乎。

我们在伊豆的旅行，就是在她们已经生了女儿之后。那时我还未为人母。大家都约好不带家人，不带小跟班，就是我们自己的旅行。胡弦子仍然是手拿相机，边走边记录。有时候镜头也交给墨白、晴小超。于是，我和胡弦子一起在草地上奔跑的瞬间就这样记录下来。

那天，我们不约而同穿了白色的衣裙。映着伊豆大室山缓缓的山坡，青绿的草地，格外美好。

其实是无心插柳的旅行记录，后来再看那些镜头里的画面，也契合了《致少女》这首诗，以及我为这首诗谱写的歌。于是这些素材剪辑一下，就变成了这首歌的 MV。

和文艺的朋友在一起，就是能够这样随时随地出作品。

<h1 style="text-align:center">3</h1>

我们在旅行的夜晚，促膝长谈，回顾曾经的岁月。几乎无话不谈，甚至包括人生最隐秘的那些部分，比如和家人之间的情感。我们分享最遗憾的事、最难忘的事、最快乐的事。时至今日，仍对那个夜晚印象深刻。

再之后，飞机停航，大家都守在原地。已经好久没有这样的短旅和对话了。有时候往事经过，当时不觉，之后才发现那些时光的珍贵。

再后来，寺山修司的诗集在国内出版，名字叫作《寺山修司少女诗集》。而这本书的译者，不知道怎么就这么巧，也是我的一位好朋友。他叫彭永坚，又叫彼得猫。他曾留学日本，后就职于报社杂志社，现已独立，是彼得猫古本店店主，广州书墟的发起人。

他的女儿已经亭亭玉立，到了该上大学的年纪。如果只是从年龄看我们可能不是一代人。但确实是可以一起拿相机散步的小伙伴。

那年我们一起去镰仓，他带我去圆觉寺，看夏日的紫阳花，也叫无尽夏。而在那座寺庙里，有日本导演小津安二郎的墓碑。墓碑上只有一个字："無"。

墓碑前有刚刚来过的人留下的鲜花。他已经去扫墓过数回。然后我们去了"钵之木"，是明月川岸边的一家和食老铺。他说每次来都会去。镰仓这个地方，有"文学的理想乡"之称，川端康成在这里创作了《山音》；前田侯爵别墅，现为镰仓文学馆，是三岛由纪夫小说中的舞台；这里还有《海街日记》里的江之岛。

后来，他就我们的这次散步，做了一本独立杂志书 Zine。里面有我们那天各自拿相机拍下的照片，以及他写的一段话：

> 从东京进入这个禅寺遍布的世界，都会在北镰仓车站下车。走出东口不远，就来到圆觉寺的山门前。圆觉寺，在小津安二郎的电影《晚春》的开头就出现了。那一天的耀目日光，让所有风景都带着春天的明媚，淡泊的白杜鹃隐约可见。

我们都没有想到，这次小旅行之后，他翻译的《寺山修司少女诗集》中文版即将出版。而我也有了《致少女》这首诗的作曲灵感。

就像他说的，2017 年的根津美术馆之旅，2018 年的镰仓之旅，2019 年的伊豆之旅，我们的旅行目的不在观光，而是思考和创作的行为。也是友好关系的延续。

时隔四年，我写信息给他，等夏天再一起去镰仓啊。他回，为什么夏天，春天不好吗？

"我无限地将你推开 / 只是为了 / 将你无限地拥入怀里。"

世间万物守恒，告别也是遇见。人与其他人相遇，人与不同年纪的自己相遇。我们无限地与往日的自己作别，其实也是为了温柔拥抱下一个自己。

是你教会了我温柔

遇到诗歌让我有谱曲的灵感，很多都是偶然。

最早，旅日诗人田原，给了我一份诗单，在里面我遇到了谷川俊太郎的《春的临终》、北岛的《一切》和塔朗吉的《火车》。

再后来，我在诗歌公众号"读首诗再睡觉"，遇到了李元胜的《我想和你虚度时光》，张定浩的《我喜爱一切不彻底的事物》。

爱诗的朋友推荐我读金子美铃，我读到了《向着明亮那方》《船帆》《当我寂寞的时候》。

一位听友来现场听我的音乐会，之后塞给我张枣的诗集《春秋来信》，我带在巡演的路上，陆续读到了《镜中》《麓山的回忆》《穿上最美丽的衣裳》。

家里放着一本《北欧现代诗选》，没事我就翻开两页，遇到了索德格朗的《星星》《扮鬼脸艺人》《我不想听森林所传的流言蜚语》。

这些数不清的动人的诗，都给了我音乐的灵感，都变成了我的歌。

我常常遇到一些留言，怯怯地问，自己没学过音乐，也可以写歌吗？

　　当然可以。写歌这件事，无关学历。学会几个基础的和弦，就可以写歌。现在流行乐史上最伟大的乐队披头士，他们的很多经典歌曲就是两三个和弦构成。灵感来了，十分钟就能写完旋律。

　　约翰·列侬，鲍勃·迪伦，帕蒂·史密斯。这些闪闪发光的名字，谁会在意他们是不是拿过音乐学院的毕业证呢？学院派也好，非学院派也好，只要有写旋律的天赋，悦耳动听，就是适合做这件事的。

　　怎么知道自己是否有写旋律的天赋呢？

　　这就要具体实践了。会弹几个简单的吉他和弦，跟着和弦开口唱，是最好的检验方式。唱你想要唱的旋律，然后把它录下来，自己听是不是好听。或者再完整一下，编上几句歌词，给信任的人听。看看他人的反馈。

　　写旋律就像写作文一样。一个人旋律线的风格，就像是作家的文风，画家的画风。也是你自己的画像。

　　写旋律需要某个触动，也就是人们说的灵感。我得到灵感的方式，一个是按着几个舒服的吉他和弦，不知不觉代入一种情绪和记忆，就开始有旋律可以哼出来。还有一个方式，就是读诗。诗歌本身带有节奏，带有画面，特别适合用来触发一段旋律的诞生。

　　这些诗歌，不一定是来自经典大诗人的作品。有时候，就来自身边的人。

比如近几年我遇到的，比较有感触的，谱曲唱成歌的三首，分别是《是深冬了》《爷爷》《异国》。

　　《是深冬了》的作者叫康若雪。一个偶然的机会，在某个读诗群里我们加了微信。偶然会在微信里简单问候，聊一聊诗歌。然后他发来自己写的诗给我看。里面就有这首：

　　　　突然走到月亮底下

　　　　细细的月光

　　　　在细细的土地上发芽

　　　　是深冬了

　　　　在所有正常而又幸福的大街上

　　　　你是灯塔

　　　　你肌肤的白　冷成月光

　　　　细细的在我身上发芽

　　　　是深冬了

　　　　我把自己铺成文字

　　　　唐宋元明清

　　　　你都认识

　　　　古往今来的月亮

　　　　都好　你也好

　　　　是深冬了

　　　　总有人会为美好的事情感叹

是你教会了我温柔

我从此迷恋月光

夜夜花香

是呀　是深冬了

　　我喜欢他细腻的用词，又那么轻盈。2020年末，我对这首诗有些隐约的旋律感觉，便留下念想。到了2021年夏，我又想起这首，逐渐有了明确的谱曲灵感。然而等到旋律线完成，准备着手制作前再联系他时，却久久没有回音。之后骤然得知，斯人已逝。从确诊急性早幼粒细胞白血病被送到急诊室到死亡，中间不过短短三日。

　　自始至终我们都未曾谋面。最终歌曲可以顺利制作出来，还是得益于我们中间的朋友秋璎，她与若雪的家人帮忙联系授权。秋璎写了一本新书《自在独行》，是关于和很多音乐人的对话，其中有我们对谈的一篇。在这篇手记里，她写到了和若雪的交往故事，以及他是怎样的一个人，我读到之后也才得知关于若雪的一些人生细节。

　　她写，与若雪相识三年有余，是文友也是同乡。友谊始于阅读，若雪谈喜欢的波拉尼奥、村上春树、三岛由纪夫、金爱烂。相识前，若雪曾搬到岳麓山脚下，闭门不出，专心写作，完成一部长篇小说。她钦佩这份勇气。

　　她写，若雪常讲，读书读多了，人就会爱幻想，内心不自觉地有些高傲，生出种种不合时宜来。这些不合时宜既是艺术的摇篮，也是生活中的痛苦之源。这之后，又一年，若雪去了事业单位求职，决定买个房子，把远在村子里的父母和姐姐接来同住，努力追求务实与务虚之间的平衡。同时，他有了一个稳定交往的恋人。

这样热爱文字又努力踏实生活的一个人，谁曾想到命运就这样骤然地画上句号。生命短暂，生活无常。再读到他留下的这些诗行，字字句句更是细腻温柔，是动情生活过的痕迹。

"总有人会为美好的事情感叹。"2021年的冬至那天这首歌发行，也唱给他。不知不觉一年又要过去，在所有正常而又幸福的大街上，人们相拥，继续行走着。

读到游迎亚这首《爷爷》，其实是我受到邀请，担任一个由大学发起的短诗大赛评委。说来惭愧，评委这样的字眼，其实担不起。我也只是一个爱读诗歌的人罢了。在征集的稿件里面，我读到了还是大学生的她，写来的这首：

我在车站想念　一处远方

耳边吹过人潮的声响

枣树眺望长河

你不在故乡

我的眼睛飘过你的头发

那里有冬天的颜色

你喜欢到我的梦里

多数时候静默

我怀念听你说故事的时光

那时你爱喝点小酒

饮尽杯底的夕阳时

总会唤我再倒点月色

我想起奶奶的撇嘴

还有你微醺的笑

读着读着，不知不觉就温暖到眼眶湿润了。让我想起了我的奶奶。我其实没有爷爷的记忆，爷爷在我父亲十二岁时就去世了。然而好的诗歌，是让人无限共情的。这种对亲情的温柔描写，很难让人不落泪。

"枣树眺望长河，你不在故乡。"这句最打动我。我是北方人，看到枣树就特别亲切。小时候家乡最常见的树木，除了杨树，还有枣树。我家的院子里就种着一棵。还记得正月十五，会和小伙伴穿着棉袄打着灯笼，围着枣树转三圈，嘴里念叨着多多结枣子的吉祥话。

树还在，人已不在。我的家乡在黄河南岸。每次我回到故乡，都会想起和奶奶一起度过的美好时光。而她已经不在故乡。这种落寞的感觉，就像眺望着夕阳下长河的画面。

"我的眼睛飘过你的头发，那里有冬天的颜色"，把爷爷的白发含蓄地写成冬天的颜色，"饮尽杯底的夕阳时，总会唤我再倒点月色"，用夕阳和月色巧妙写出了时间的流动，从傍晚饮酒到夜里，一家人团聚的美好画面。

我们读书离开故乡，离开最亲的人，去到陌生的城市，甚至是陌生的国家。晃晃悠悠，青春就走过了。而亲人也陆续离场。我们都在时间的河流里，自始至终，没有办法停下脚步。

游迎亚写的是故乡，而当我读到作家朋友陶立夏所写的《异国》，就像是看到了另一面镜子。其实，《异国》原本不是一首诗歌，而是她某篇随笔的开头几句，收录在她所写的《此刻的温柔》这本书里：

"你那边，是秋天了吗"

想象着你在最后一班地铁上

给我传信息

窗外是睡意朦胧的城市

灯火明灭　楼宇参差

"你好像还是过去的样子"

大风吹走的浓云

如同距离从我身上带走的一切

在遥远的此处　在异国他乡

我只是我　我也可以是任何人

生活这场角色扮演的游戏

距离从来都是主题

我们遇见　我们分离

大家都在各自的戏里

无暇顾及别人的悲喜

与友漫步樱花路

虽然这是随笔里的一段话，但是读起来却有诗歌的节奏和美感，也给了我旋律的灵感。立夏去到很多国家旅行，在旅途中她写下很多温柔的文字，而且带着相机拍了很多照片，那些照片里面都带着情绪，很像是当年我在相机生活小组里面看到的那些照片，有着胶片的质感和时光的痕迹。

我们应该是同类人。敏感，念旧，又对世界好奇。随时想要出发，去看不一样的地方。又愿意随时在一个地方安顿下来，照顾好日常，温柔地生活。她喜欢收集中古碗碟，都是好看的像是油画里的样子。我也喜欢。

我们在上海的咖啡店第一次见面。其实都是比较慢热的人，但是却能敞开聊很久的天。在东京的转角咖啡店再次约见面，就像原本生活在同一个城市一样，一边悠闲地吃着甜甜圈，一边说着话。

她写："昨日种种都只能留在昨日。关于诗歌与创作的美好，多晚领略都不算太迟。关于生活和抗争的艰难，多早明白都来不及了。当你明白无论身处何方做何决定皆有桎梏，才会懂得：不怨不悔，就是自由。"

我是多么喜欢这段话。

旧时光里的歌

你是一个爱听老歌的人吗？有一些旋律，很奇怪，第一次听到，就再也忘不掉。揉碎在时光里，和你的生命一起变老。

来聊一聊我翻唱过的三首老歌，《恋恋风尘》《花房姑娘》《恋曲1990》。这些歌，有一个相似之处：浓浓的叙事感和画面感。而我在翻唱的时候，都是选择了用一把古典吉他来轻轻伴奏。

恋恋风尘

那天　黄昏　开始飘起了白雪

忧伤　开满山岗　等青春散场

午夜的电影　写满古老的恋情

在黑暗中　为年轻歌唱

走吧　女孩　去看红色的朝霞

带上　我的恋歌　你迎风吟唱

露水挂在发梢　结满透明的惆怅

是我一生最初的迷惘

当岁月和美丽　已成风尘中的叹息

你感伤的眼里　有旧时泪滴

相信爱的年纪　没能唱给你的歌曲

让我一生中常常追忆

相信爱的年纪　没能唱给你的歌曲

让我一生中常常追忆

　　第一次听到这首歌，估计是十几岁的时候吧。听到的自然是老狼的版本，青春肆意。而后来，当我已经硕士毕业，从东京飞回国，开始做自己的原创音乐。在北京的秋天，再次听到。

　　2014 年，红星音乐正值二十周年纪念，正在举办一个翻唱活动。自 1994 年郑钧的畅销专辑《赤裸裸？！》发行，红星在接下来的十年里成了最具影响力的内地流行音乐厂牌，制作了诸多原创经典流行歌曲。

　　"红星音乐二十年纪念致敬召集令"发出后，大部分是邀请当时知名的音乐人来翻唱当时最知名的流行曲，比如《回到拉萨》《灰姑娘》《执着》《野花》。仅保留了一首歌，在当时的虾米音乐网，面向大众征集翻唱版本。

　　这首歌就是《恋恋风尘》。

　　那个秋天的我，刚刚做完并发行了自己的第一张原创专辑《诗遇上歌》。在北京处于待机状态，还不知道这张专辑即将面临怎样的命运。闲来无事，去虾米音乐网偶然看到了这个征集活动。我觉得可以一试。

没有多大的把握能够被选中，其实也没有抱着功利的目的，当时就是很想用自己的方式，只用一把古典吉他伴奏，来静静地唱这首歌。

不得不说，这首歌的词意境实在是太美。非常适合低吟浅唱。老狼唱的是当时的青春，那我就来唱此刻的回忆。唱春花变了秋叶，轻舟已过万重山。

"那天，黄昏，忽然飘起了白雪。"这白雪，也像是曾经的那个少年，如今已经生出些许白发。他就静静地坐在窗前，回忆往事。忧伤满山岗，青春已离场。

我的录制版本发送到虾米后台之后，过了一个月的时间。有一天，突然发现，在诸多版本里，这首小 demo 成为大家票选第一名，就这样被选中，收录进红星翻唱专辑。我也就这么获得了翻唱这首经典作品的版权授权，以及之后在现场的表演授权。

在我自己的原创专辑反馈还没到来之前，这首翻唱让大家开始认识了我。当时寂寂无名的我，和那些已经成名的音乐人的名字并列在一起，被认可，被听到。无心插柳，这种感觉很奇特。

花房姑娘

我独自走过你身旁，并没有话要对你讲，

我不敢抬头看着你的，噢……脸庞

你问我要去向何方，我指着大海的方向，

你的惊奇像是给我，噢……赞扬

你问我要去向何方，我指着大海的方向，

你问我要去向何方，我指着大海的方向，

你带我走进你的花房，我无法逃脱花的迷香，

我不知不觉忘记了，噢……方向

你说我世上最坚强，我说你世上最善良，

我不知不觉已和花儿，噢……一样

你说我世上最坚强，我说你世上最善良，

你说我世上最坚强，我说你世上最善良。

你要我留在这地方，你要我和它们一样，

我看着你默默地说，噢……不能这样

我想要回到老地方，我想要走在老路上

我明知我已离不开你！噢……姑娘！

我就要回到老地方，我就要走在老路上，

我明知我已离不开你！噢……姑娘！

这是摇滚音乐前辈崔健的代表作之一。这首歌，在我的翻唱版本下面，有条特别有趣的评论："在同样的时间里，老崔已经唱完了两遍。"读完这句，我自己都笑场了。

是的，我翻唱的版本，节奏特别特别慢。几乎是放慢了一倍，来唱这首歌。为什么要这么做呢？还是因为我喜欢慢悠悠地表达。

既然翻唱，那就唱出自己的特色。而不是平庸地只重复一遍原作。

这首歌的吉他演奏，和《恋恋风尘》的吉他演奏，是同一位吉他手，胡晨。我们是山东老乡，他是青岛人。相识的时候，他也刚刚到北京，寻找着适合自己的机会。不得不说，他的吉他技术实在是太扎实了。和他说到一个编曲思路，他立马就能摸着琴弦实现。是特别靠谱的音乐伙伴。

我尤其喜欢他演奏古典吉他。细腻，灵巧。力度拿捏都刚刚好。我在沟通时候使用的词往往比较感性和抽象，比如说，这首想要叙事感。他就能够自动翻译成音乐语言，和弦和节奏都按照"叙事"的主题来完成。

有了《恋恋风尘》的美好尝试之后，我们一拍即合，对《花房姑娘》也下手了。延续着同样的风格。老崔是摇滚版，那我试着来一个民谣版。

其实对这首歌改动最大的地方，是歌词。当时录音之前，合作已久的录音师王博跟我说，你要不要试着，把歌词里的"你"和"我"换个位置。老崔唱的是自己，你可以试着站在花房姑娘的角度，来唱这首歌。

"你独自走过我身旁，并没有话要对我讲，你不敢抬头看着我的脸庞。我问你要去向何方，你指着大海的方向。"这样一来，真的完全就是换了个主语和视角。

不得不说，这个建议实在是太妙了。这样，翻唱也有了别样的意义。就像是当年那个花房姑娘，多年以后，来和老崔隔空对话了。

"我带你走进我的花房"，这下，花房姑娘不再是被凝视的角色，突然有了自己的主场发挥。看着当年的那个一心想要离开家乡离开她的小伙子，姑娘的内心活动也一下让人有了丰富的想象。

每次现场我唱起这首歌，都好像真的穿越回那年、那个小镇的花房。年轻的姑娘和小伙，面对着人生的岔路口，如何抉择。而这也是曾经的你和我。我们每个人的那一年。留在原地，还是去远方。这是谁都要面临的课题。

其实看自己的人生经历，我反而是扮演了崔健的这个小伙子的角色，一直在离开熟悉的地方。离开久了，再回首，我又幻想着像花房姑娘那样，向往着就在小城过普通日子的一生。在远方待久了，就会发现，其实真正的诗意，不是只在远方，也在你出发的地方。远方即是身边，花房就在眼前。

生活是个围城。每个人的一生也许都是这样，离去又回来。

恋曲 1990

乌溜溜的黑眼珠　和你的笑脸

怎么也难忘记你　容颜的转变

轻飘飘的旧时光　就这么溜走

转头回去看看时　已匆匆数年

苍茫茫的天涯路　是你的飘泊

寻寻觅觅长相守　是我的脚步

黑漆漆的孤枕边　是你的温柔

醒来时的清晨里　是我的哀愁

或许明日太阳西下倦鸟已归时

你将已经踏上旧时的归途

人生难得再次寻觅相知的伴侣

生命终究难舍蓝蓝的白云天

轰隆隆的雷雨声　在我的窗前

怎么也难忘记你　离去的转变

孤单单的身影后　寂寥的心情

永远无怨的是我的双眼

罗大佑的经典恋曲三部曲，《恋曲1980》《恋曲1990》《恋曲2000》。这三首歌，分别写在他的25岁，34岁，40岁。这横跨十五年的三部曲，也可以说代表着华语乐坛的一个时代。

《恋曲1980》里，他是一个愤怒的批判青年。质疑爱情，质疑永远。让姑娘们伤心不已。

《恋曲1990》里，他似乎柔情很多，甚至出现了"寻寻觅觅长相守"的字眼。

到了《恋曲2000》，带着一些说不清道不明的千禧之年的味道。"久违了千年即将醒的梦，你可愿跟我走吗？"他好像在与未来对话。

这三首里面，我最喜欢的还是《恋曲1990》。

于是我还是找来我的老搭档吉他手胡晨，用同样的一把吉他，用细腻的指弹，轻轻地伴奏，和《恋恋风尘》《花房姑娘》一样，都没有其他更多的乐器修饰。就是简简单单的吉他和弦，以及我的人声。我尽量唱得像是一种诉说。忘掉任何技巧，只是讲故事。

"乌溜溜的黑眼珠 / 和你的笑脸 / 怎么也难忘记你 / 容颜的转变"，开头这句，就像一部电影的开场特写，一下把人吸引进去。编着麻花辫的纯情恋人，就是这样的形象吧。

"黑漆漆的孤枕边 / 是你的温柔 / 醒来时的清晨里 / 是我的哀愁"，真正的爱情总是和哀愁相伴相随，甜蜜又忧伤。这句，和《恋恋风尘》里，"露水挂在发梢 / 结满透明的惆怅 / 是我一生最初的迷惘"遥相呼应，有着异曲同工之妙。

"或许明日太阳西下倦鸟已归时 / 你将已经踏上旧时的归途"，似乎每一首歌最后都是在说一个字，归。叶落归根，不仅是一种思乡之情，也是一种回归自我，返璞归真。

"孤单单的身影后 / 寂寥的心情 / 永远无怨的是我的双眼"，无怨，是这句的点睛之笔。无论现在如何孤单，寂寥。尽情灿烂过，爱过，也就无怨。就像电影《一代宗师》里所说的那句，人生是落子无悔。

是真的无怨无悔吗？也不是。真如此的话，也就没有这些歌了。人生若无悔，那该多无趣。就像木心，说着诚觉世事尽可原谅，但又说不知该原谅什么。他其实也并不原谅。就像李叔同，大师在临终前最后四个字，还是悲欣交集。

而承载这些悲欣交集的，就是诗和歌。

夏

将热望谱唱成歌

向着明亮那方

| 童谣诗人金子美铃

第一次读到金子美铃的诗歌、知道这位诗人，是源于几位爱诗好友的推荐。当我问起大家喜欢哪位日本女诗人时，他们不约而同地，首先都想到了她。

那种明亮感，就是一种破土而出、在人世间向阳而生的姿态。她留下了一行给人以坚韧和希望的诗句："向着明亮那方。"

然而她的生活处处是泥沼。

这位生于昭和年代、但对人生的感知力已经远远超前于她所出生年代的童诗女作家，曾经有着不幸的童年，后来又遭遇了荒诞的婚姻。婚后，写作这件事从未获得丈夫认可，并因其寻花问柳，自己也不幸染病。离婚后，她对女儿的抚养权被剥夺。

当人生走到二十七岁这个节点，她安顿好一切后事，选择平静而绝望地赴死，坦然结束了自己的生命。

可以想象，在那个男尊女卑的时代，女性甚至没有在外工作的权利，一位步入家庭生活的女性，想要写诗，想要自由，想要才华被认可，是多么"不切实际"。可以想象，如此向阳而生的她，最后是多么绝望。

但即使这样，诗歌像是种在她体内的种子，就是忍不住冒出小芽，开花，结出一颗颗小小的果子。她写了一行又一行的诗。

金子美铃终其一生，留下了512首不朽的经典作品。直到1984年，诗歌才得以全集出版，让整个日本文学界眼前一亮，并为之震撼。之后也渐渐被翻译成不同国家的语言，走进了千千万万读诗人的内心。

读她的传记，印象深刻的是一个画面。她把诗稿寄给当时出版社的一位诗人。这位诗人已经颇有名气，当他读到金子美铃的诗歌，十分惊讶。他从来没听说过这个名字。粗糙的纸张上，满满都是一行一行的手写诗句。而那些诗句是那么晶莹动人。

这位诗人约她见面。她十分惊喜。

那天，她把年幼的女儿裹在襁褓里背在肩上，乘电车，然后走很远的路，前去赴约。在车站，当一位头发凌乱、手提着行李、肩上背着婴儿的妇女出现在面前，诗人万万想不出，这位就是金子美铃。

那个写出那些纸上诗行的人，现实中是如此捉襟见肘。甚至连这次见面，都是偷偷瞒着家人，才能够外出。

在逼仄的现实生活里，诗歌之神默默眷顾着她。

《婆婆的话》是她留下的众多作品中的一小篇。

婆婆从那之后再也没有说起，

那些她讲过的故事，

其实我是那么喜欢。

"我已经听过啦"，

当我说这句话的时候，

她脸上露出了寂寞的神情。

曾经，

在婆婆的眼睛里，

映出草山上，

野蔷薇花的模样。

我很想念那些故事，

如果她可以再给我讲一次，

讲五次，讲十次，

我都会不出声的，

认真听下去。

读到这首的共鸣，是每一个小时候和祖母或者外婆长大的人都会有的，也包括我。跟着隔代长辈成长，小孩的心思似乎会变得更加细腻。其中也包括，因为年龄的差距，过早体验到了亲密之人的离世之痛。

她写："曾经，外婆的眼睛里，映出来草山上野蔷薇花的模样。"我也记得，在很小时候，祖母常常会哼她的故乡的歌《松花江上》。

那时候我不懂歌词的含义，只是感受到语调里的落寞，深深地嵌入了暮色。那时候的场景，就像是一幅印象派的画，至今仍常常出现在记忆中。

所以当读到"如果她可以再给我讲一次，讲五次，讲十次，我都会不出声的，认真听下去"的时候，就好像是读到了自己的心事一般。毫无修饰的朴素语言，但自然而然，就触动了我。

因此我选择把这首，以念白的形式，一起放进了我在 2016 年所做的一张专辑《早生的铃虫》，副标题是"金子美铃童诗集"。是的，我做了一整张音乐专辑，都是关于她的诗歌。一共十一首诗歌，有的选择谱曲，有的选择直接念白。

除了这首《婆婆的话》，我还选了一首《不可思议的事》放入专辑，也是保留了念白的形式，甚至没有配乐。一个原因是为了整张专辑的错落节奏感，另一个原因就是语言本身所拥有的强烈力量。

不可思议的事

我觉得不可思议的事，
是从黑色云彩里下的雨，
却闪着银色的光。
我觉得不可思议的事，
是吃着绿色桑叶的蚕，
身体却是白色的。

我觉得不可思议的事，

是谁也没碰过的牵牛花，

自己却悄悄开放了。

我觉得不可思议的事，

是问谁谁都说，

那是理所当然的事。

读下来，有谁会不喜欢这首一气呵成，俏皮可爱的诗呢？仔细想想她写的那些话，真的是那个道理。在小孩子的眼睛里，乌黑乌黑的阴云，应该也是下乌黑乌黑的雨吧，为什么却银光闪闪？吃着绿色桑叶的蚕，身体也应该是绿色的呀，为什么是白色的？

还有，昨天还紧紧闭着的牵牛花，怎么谁也没去打开，自己就张开喇叭了呀。这些事情都如此不可思议，我觉得实在太神奇了！可是，当我去问谁，谁都一副理所当然的样子。真是不可思议。

几句话，就把孩子的童真灿烂与大人的司空见惯，写得惟妙惟肖。再有意思的事物，每天看每天看，人就会变得麻木。而如果能够一直像孩子一样，用像是第一次看到这个世界的眼睛去看身边的事物，才有可能发现生命原本的精彩与不可思议。

我读到这首诗歌的时候，觉得特别被打动。也是从这首诗开始，我萌生了为她的诗做一张音乐专辑的想法。

其实，全部围绕着一位诗人做一张音乐专辑，是让我感到特别有意思的、一直很想去做的一个主题。我喜欢这种深度的探索。打开一本书，选择一位诗人的若干诗歌，而非只是一首代表作，这会让整张专辑的音乐感知更加立体、丰富。

很早之前，听到民谣组合"小娟和山谷里的居民"所做的一张音乐专辑《C 大调的城》，就是这样，把诗人顾城的若干作品谱曲而成的一张专辑。我一直很喜欢。不仅里面诗歌作品选得好，旋律也动人心弦。推荐一听。

我给金子美铃的这张音乐专辑起名《早生的铃虫》。铃虫，是我对金子美铃的象征性隐喻，是她的一种化身。不仅仅是因为二者名字里，有一个相同的"铃"字。这种本应该出生在秋天的虫子，有些会提早出生，人们称之为"早生"。而出生越早，也意味着越早死亡。这与诗人的命运不谋而合。

那年秋天，我和音乐朋友喜多直人去日本东京附近的千叶县房总半岛短旅。喜多拿着一把吉他。走进草丛，听到了铃虫的声音，他认真给我解释这种虫子的来历。那一刻，我的脑海里浮现的，就是金子美铃。

她是完完全全的"早生"，是远远超前于自己时代的女性。想象，如果她出生在现代，还可以把诗歌发在网上，可能很容易就被大家所熟悉。也许靠诗歌她就实现了某种独立。就像诗人余秀华，谁也想象不出，如此环境和身体，能够砸出那么美丽的诗歌浪花。她曾被命运碾压，如今再翻身碾压命运。

金子美铃确实是过早地离去，才活了二十七岁。选择结束一切的时候，也许她的心终究是晦暗下去了，然而她留下的《向着明亮那方》，却照亮了一代又一代人。

> 向着明亮那方　　向着明亮那方
>
> 哪怕一片叶子
>
> 也要向着日光洒下的方向
>
> 灌木丛中的小草啊
>
> 向着明亮那方　　向着明亮那方
>
> 哪怕烧焦了翅膀
>
> 也要飞向灯火闪烁的方向
>
> 夜里的飞虫啊
>
> 向着明亮那方　　向着明亮那方
>
> 哪怕只是分寸的宽敞
>
> 也要向着阳光照射的方向
>
> 住在都会的孩子们啊

　　读到最后一句，尤为触动。哪一个居住在都市的孩子，不会为钢筋混凝土所构成的拥挤世界而感到疲惫呢。不仅是孩子，大人也是一样啊。小草，飞虫，孩子。都是小小的。金子美铃写这些小小的力量，鼓励孩子们向阳而生。

　　我也给了这首诗明亮的旋律。我邀请音乐制作人李星宇来共同完成金子美铃这张专辑。他自己的乐队叫作鲸鱼马戏团，擅长把自然的声音带入音乐，比如大海浪声、风声、雨声，虫声。非常灵动。

我把所有歌曲的旋律 demo 发给他，他听完立马开始编曲。在这首里面他用了丰富的乐器组合，节奏让人听着翩翩起舞。结尾处小提琴拉出一段长长的尾奏，随着鼓点渐行渐远，伴奏悠扬动情，似乎在目送着孩子们走向光明之处。

但其实，除了这样易懂且温暖的作品之外，她的很多诗歌，表面上看似用语童稚，却有着孩童甚至普通成人所难以理解的纵深。是的，她一边用着温暖而明亮的词给人以向上的鼓励，就像是《向着明亮那方》；一边又用着冷静而理性的句子讲述了残酷世间，比如《积雪》，是非常深刻的怜悯和生命无奈感。

> 上层的雪
>
> 很冷吧。
>
> 冰冷的月光照着它。
>
> 下层的雪
>
> 很重吧。
>
> 上百的人压着它。
>
> 中间的雪
>
> 很孤单吧。
>
> 看不见天也看不见地。

很难不去联想，这哪里写的是雪，这明明就是写的人间社会。上等人，下等人，夹在中间的人，各有各的苦楚。谁又比谁过得更好呢。人人都有别人看不到的另一面。没有人永远光鲜。关起门来，家家有本难念的经。何况，生老病死永相随。

这种怜悯天地的大胸怀，是的，也是金子美铃。就这么冷冷地写着，道出了世间真相。

我还很喜欢她的另一首，《当我寂寞的时候》。

> 当我寂寞的时候
> 其他人并不知道
> 当我寂寞的时候
> 朋友在一边笑
> 当我寂寞的时候
> 妈妈总很温柔
> 当我寂寞的时候
> 神灵也寂寞

这首诗节奏感很明了。我把这首谱曲成了歌。也是最后一句，尤为打动我。想想就连神灵都会感到寂寞，我的寂寞也不算什么了吧。前面那句，妈妈总很温柔，也是点睛之笔。

金子美铃的诗歌有种神奇的魔力。就是简简单单的句子，却直击心灵。我谱曲这首的时候，不知不觉旋律写得很温柔。就像回到妈妈的怀抱里一样，总是让人感到最大的温暖与安慰。

金子美铃的诗歌从不煽情，她的表达很克制。尽管如此，仍然能读到她心里那团火苗，靠近这火苗，就能感受到朦胧又实在的暖意。

除了上面提到的几首，我选择谱曲的诗，还有《木》。这首作为专辑里唯一由钢琴伴奏的歌，淡然地叙述着树木的一生，也隐喻着人的一生。还有《初秋》，保留了诗歌的日文原文，编曲大气、低沉而又缱绻。而《夜》，是专辑里面的最后一首，小号的点睛之笔，加上海浪声的翻滚，让人舒缓放松，进入自由想象世界。

在《早生的铃虫》里面，我选择给予旋律的那些诗歌，大部分是这一类，淡淡的叙述，娓娓道来，给人留下一丝希望，多少让我们有所盼望。我不想用音乐去渲染和放大悲观无奈，不想去过多推敲她最终是如何绝望离开。生活不易，我们需要寻找一点光亮。

其实，她曾写下的诗歌，一直在延续着她的生命。人们常说，诗歌是生命燃烧后的灰烬。而她的诗歌，比起灰烬，更像是她生命的余光。

这束光，无限绵长，为后来的我们持续照亮着明天的路。

我爱的那些女诗人们

| 狄金森、索德格朗、辛波斯卡

三十岁开始，我似乎才注意到自己女性的身份。这么说好像有些奇怪，但确实如此。

小时候和哥哥们一起长大，觉得自己和他们一样，没什么性别意识。一路读书到大学，心思简单，也许是读书的压力大，没有精力想东想西。和异性的接触非常少，直到大学三年级才体会了一点恋爱的美好和苦涩。

我觉得很多女性应该都是因为与异性接触，才开始在磕磕绊绊中，注意到了自己的女性身份，才发现我们和男性其实有那么多的不同，社会对于男性和女性的认知似乎也不太一样。

我是一个常常不在意世俗和社会既有规则的人。不喜欢循规蹈矩。有人说，每一段与异性的接触，都是重新了解自己、发现自我、认识世界的过程。我认同。

我既觉得自己无须在乎性别，做一个自由的大写的人就好；又无可避免地要面对现实，比如作为女性，开始思考是不是需要婚姻，是不是要体验生育的苦与乐。加上自然生育还有身体年龄的期限，就像是面临截稿日期一样，总要做出个决定，而这是最需要直面自己女性身份的时刻。

每个人都有自己的答案，我的答案是，想要体验。也许是出于好奇心吧，我觉得生育是女性独特的一段生命过程，是未知的、神秘的、自我的。我喜欢孩子纯真清澈的眼神，想和一个新生命再一次感受这个世界。

不过，在确认这个答案之前，我读完了法国存在主义作家波伏娃的《第二性》和英国作家伍尔夫的《一间自己的房间》。

《第二性》被誉为"有史以来讨论妇女最健全、最理智、最充满智慧的一本书"。波伏娃在书中，第一次完整梳理了女性在人类历史中的实际处境、地位和权利，从原始社会到现代社会，涵盖哲学、历史、文学、生物学、古代神话和风俗文化。

我读起来触目惊心，得知女性为了争取自己的权利经历了那么漫长的黑暗时期。而现实生活中，她与法国哲学家萨特的恋情以及开放式的相处模式，带给她满足的同时也给她痛苦。

伍尔夫也写道，亲密关系是一门困难的艺术。还表示独立女性应该有闲暇时间，有一笔由她自己支配的钱，和一个属于她自己的房间。

不过我更喜欢她那句"不用着急。不需要闪闪发光。除了自己，不需要成为任何人"。

如果说我是从伍尔夫和波伏娃开始了解到了女性主义，那么我是从女性诗人中更多地了解到栖居在诗歌中的女性主义。我更偏爱后者，因为能够感觉到她们与我的更多共通之处。这些女性诗人的名字刻在我的心头：狄金森、索德格朗、辛波斯卡。

这几年，我陆续谱曲了她们的诗歌，包括狄金森的两首：《一朵花在绽放中成为自我》（*Bloom-is Result-to meet a Flower*）和《昨日》（*Yesterday is History*）；索德格朗纯真热情的三首，分别是《星星》《扮鬼脸艺人》和《黄昏》；再就是辛波斯卡的那首被人熟知的代表作《一见钟情》（*Love at First Sight*）。

1

狄金森（Emily Dickinson，1830—1886），一生孤独而丰盈地生活在自己花园中的美国女诗人。

她是十九世纪中后期美国著名的隐逸诗人，生活在僻静的阿默斯特小镇，写诗并打理花草，终生未婚，与外界只有书信诗歌来往。

在她有限的生命中，花是她的代名词。她甚至认为她种下的花就等同于她的诗，因为在那个年代人们习惯借花（posy）和诗（poesy）的谐音做文章。

不仅如此，狄金森诗歌中的花也隐喻了女性的内在精神，用花朵表现女性的自我。这种表述正如这首给我旋律灵感的诗歌：

夏

Bloom—is Result—to meet a Flower 一朵花在绽放中成为自我

Bloom—is Result—to meet a Flower 一朵花在绽放中成为自我

And casually glance 人们常常只是不经意一瞥

Would scarcely cause one to suspect 几乎不会注意到

The minor Circumstance 花苞生长时的细微变化

Assisting in the Bright Affair 为了辅助这项伟大的

So intricately done 复杂的事业

Then offered as a Butterfly 她呼唤一只蝴蝶

To the Meridian— 来到花蕊中央

To pack the Bud-oppose the Worm— 守护花苞远离毛虫

Obtain its right of Dew— 努力获得露水滋润

Adjust the Heat—elude the Wind— 躲过炎热避开风雨

Escape the prowling Bee 悄悄绕过蜜蜂的徘徊

Great Nature not to disappoint 伟大的自然没有辜负

Awaiting Her that Day— 她日日夜夜地等待

To be a Flower, is profound 成为一朵花　是一份意义深远的
Responsibility— 责任

　　责任，这个字眼用得多妙。就好像有人在你耳边温柔地说，你好好地绽放，好好地成为一朵花啊。这是你的责任。不要觉得成为花是什么华而不实的事情，不要被既有的观念所束缚。花本身就是

生命的美好。

很巧的是，伍尔夫也写过一句："除非我们能够理解一朵花的迷人美丽，否则我们无法理解生命本身的意义和潜力。"

花的绽放就是生命的绽放。于女性而言，青春尤其像不可错过的花期一样。古往今来，那么多艺术家、画家、诗人在花的绽放中获得灵感，获得共鸣。

除此之外，我还谱曲了狄金森的另一首经典短诗《昨日》。昨日是什么？昨日是历史，是哲学，是谜团。那今日又是什么？诗人在形而上的思考中，也忽然发现这样的思考是徒劳，于是她写："当我们思索时，两者已飞远。"

Yesterday is History 昨日

Yesterday is History 昨日是历史

'Tis so far away– 它如此久远

Yesterday is Poetry– 昨日是诗歌

'Tis Philosophy– 它是一门哲学

Yesterday is mystery– 昨日是谜团

Where it is Today 今日又在哪

While we shrewdly speculate 当我们思索时

Flutter both away 两者已飞远

确实就在思考和书写的当下，时间已如河水汩汩流走。昨日与今日，就如上一秒和下一秒，令人措手不及，令人玩味。

联想到陶渊明那句"悟已往之不谏，知来者之可追"。而狄金森与陶渊明，同样都是归隐派田园诗人，在诗句中吟唱出了东西方人性深处的共通之处。

说到这，我又想到了李清照。狄金森和李清照，跨地域、跨时间、跨语种，很少有人会联想到两者的相同之处。但在我看来，她们都不是只会写女性唯美清新小品的诗人。

李清照的"生当作人杰，死亦为鬼雄。至今思项羽，不肯过江东"，以及这首《昨日》中狄金森对时间的深刻哲学思考，都体现出她们身上独特的跳出女性柔弱气质的格局。

2

索德格朗（Edith Irene Södergran，1892—1923），一位"走进夜晚花园发现遍地都是星星"的童心烂漫的瑞典语诗人。

她是北欧文学史上最早的现代主义作家之一，深受法国象征主义、德国表现主义、俄国未来主义的影响，这些可以在她的诗歌中找到证据。

她一生只出版了四部诗集，三十一岁时死于肺结核和营养不良。她在世时没有获得读者和文学界的认可，但是后来人们发现了她的作品的文学价值。现在，索德格朗被认为是北欧文学史上最伟大的作家之一。

和日本女诗人金子美铃以及很多诗人一样，她们都是品尝到生活的苦与真相之后，仍然书写爱与美好。直到现在，她仍然影响着许多诗人，尤其是瑞典语的词作者。而这也影响到了我——生长在遥远东方的汉语词作者。她的下面三首诗歌都给我了谱曲的冲动：

黄昏

我不想听 / 森林所传的流言蜚语

在云杉中 / 还能听到沙沙响

和树叶里的叹息声

阴影仍在忧郁和树干之间滑行

上路吧 / 没有人会遇见我们

玫瑰色的黄昏

沿着无声的树篱入梦

道路慢慢地行进

小心翼翼地爬升

停下来回望那落日

读这首诗，想到那句："迄今为止，误会是世界上最大的力量。"我也深有体会。

这首诗开头的第一句话便打动了我，"我不想听 / 森林所传的流言蜚语"，索德格朗很可爱地用了"森林"这个字眼，就好像这些流言蜚语是来自那些小动物。把世俗的不美好的人性部分，比喻成动物的一面，某种程度上已经化解了不美好。

同样作为女性，我确实与女性诗人之间有着更多共通的生命感受，常感受到她们字里行间有时并未写出的只言片语。"玫瑰色的黄昏"，多么温柔的意象。我喜欢傍晚的时刻，我也时常驻足欣赏落日的短暂余晖。诗人写出来我的心事，我涌出音符与她和鸣。

扮鬼脸艺人

我除了鲜艳的披肩没有别的 / 我那红色的无畏
我那红色的无畏出去冒险 / 在一些小小的国家
我除了腋下的竖琴没有别的 / 我艰难地弹奏
我艰难的竖琴为人和牲口作响 / 在空旷的路上
我除了高戴的花冠没有别的 / 我那上升的骄傲
我那上升的骄傲把竖琴挟在腋下 / 鞠躬告别

这首我觉得非常可爱，也非常索德格朗。她化身一位音乐演奏者，就像是隔空与我打了一个照面。

扮鬼脸艺人"上升的骄傲"，也是诗人内心的一种骄傲。我只有鲜艳的披肩，我只有一把竖琴，我只有自己编织的花冠，除此之外，我一无所有。但这仍然不能阻挡我的骄傲。

这是一种什么样的骄傲呢？我有一种体会，就是当我在创作的时候，我能感受到生命自身的完满和自足。写出一段自己喜欢的旋律时会有成就感。而这种满足是不需要外界认可的。也是和物质、金钱、利益、欲望等世俗生活的种种都没有关联的。

我知道这样的时刻弥足珍贵。在这首诗里我读到了。

当然提到索德格朗，最被人熟悉的那首诗是《星星》，可以说是她的代表作了：

星星

当夜色降临
我站在台阶上倾听
星星蜂拥在花园里
而我站在黑暗中
听 / 一颗星星落地作响
你不要赤脚在这草地上散步
我的花园到处是星星的碎片

想起来有一次去郊外旅行，夜晚住在附近的一家旅馆，西洋式建筑带着大片的草坪。那是夏天，虫鸣阵阵，我大概九点钟出门散步透气。看到草叶上挂着的晶莹的露珠，就像钻石也像星星布满整个草地，瞬间想到了这首小诗。

实际看到眼前之景，尤其体会到这首小诗的美妙比喻。除此之外，我还顿悟到了另一层意思。这首诗所写的，是独属于自己的静谧时刻，花园也是不想被打扰的纯粹的内心世界，所以诗人写了那句"你不要赤脚在这草地上散步"。

当然每首诗，会掺杂我的个人主观解读，就像每一个翻译者会重新理解一次诗歌，用自己的母语再表达出来一样。我的旋律就像是我的"母语"。我为这首诗所写下的旋律，也是我自己对这首诗的解读。

而旋律到了听者的耳朵，又会获得新的生命，或者一次心灵的共振。可能是小小的，也可能是庞大的。我觉得这个过程非常美妙。

3

辛波斯卡（Wislawa Szymborska，1923—2012），一位写着"种种可能"而又寂寞生活的波兰女诗人。

曾经有人写辛波斯卡是"诗歌世界里的莫扎特"，就不难理解为什么她的诗歌，总是给我旋律的冲动。其实艺术从来都是相通的，就像伍尔夫也被称为"印象派作家"，文字、绘画、音乐都是不同的表达方式而已。

辛波斯卡在每一本诗集中尝试新技法，擅长从日常生活汲取灵感，以小见大，深刻隐喻，举重若轻，机智幽默。

我所谱曲的辛波斯卡的这首经典诗歌《一见钟情》，描写的一见钟情像一部东欧文艺电影，奇幻、蒙太奇、黑白色系，剧情用长镜头表达。这首诗也正是台湾漫画家几米《向左走，向右走》的灵感来源。

还记得我是在十几岁的年纪读到了几米的绘本，这本《向左走，向右走》实在是太经典。可爱的画风，配上简单的几行字，淡淡的美好，波折的相遇，差一点的擦肩而过和命中注定，满足了懵懂的年纪对于爱情的浪漫想象。

后来读到原诗，更喜欢了：

Love at First Sight 一见钟情

They're both convinced 他们相互确信

that a sudden passion joined them 是忽如其来的热情使彼此邂逅

Such certainty is beautiful 确定是美丽的

but uncertainty is more beautiful still 但变化无常更为美丽

Since they'd never met before, they're sure 他们素不相识，所以他们知道

that there'd been nothing between them 彼此之间并无瓜葛

But what's the word from the streets, staircases, hallways 但是，自街巷、楼道、走廊，传来的只言片语

perhaps they've passed each other a million times 或许他们已经擦肩而过一百万次了吧

I want to ask them if they don't remember 我想问他们是否记得

a moment face to face in some revolving door 某个瞬间是否就在旋转门对面

夏

perhaps a "sorry" muttered in a crowd 或在人群中一句匆忙"对不起"

a curt "wrong number" caught in the receiver 或是在电话线那头说声"打错了"

but I know the answer 但是我已知晓答案

No, they don't remember 然而他们并不记得

They'd be amazed to hear 他们应会感到诧异

that Chance has been toying with them now for years 已被缘分戏弄多年

Not quite ready yet 却因时机尚未成熟

to become their Destiny 尚未成为他们的命运

it pushed them close, drove them apart 缘分将他们拉近而又分离

it barred their path 挡住他们的去路

stifling a laugh 忍住笑

and then leaped aside 然后跳到一旁

There were signs and signals 是有一些痕迹和信号存在

even if they couldn't read them yet 即使他们尚无法解读

Perhaps three years ago 也许是在三年前

or just last Tuesday 或者就上个星期二

a certain leaf fluttered from one shoulder to another 一片叶子从一个肩膀飘落到另一个

Something was dropped and then picked up 有什么掉了又捡了起来

Who knows, maybe the ball that vanished into childhood's thicket 谁知道，可能是那个消失于童年灌木丛中的球

There were doorknobs and doorbells where one touch had covered another beforehand 还有一个人的触碰覆盖了之前另一人触碰的门把和门铃

Suitcases checked and standing side by side 并排站立在整理完毕的手提箱旁

One night, perhaps, the same dream 有一晚，或许同样的梦

grown hazy by morning 到了早晨变得朦胧

Every beginning is only a sequel, after all 每一个序曲终究都只是续篇

and the book of events 而书里面的故事情节

is always open halfway through 总是从中途开启

我尤其喜欢里面的两句话，一句是"确定是美丽的，但变幻无常更为美丽"。另一句是"每一个序曲终究都只是续篇"。

可能很多人都能轻松体会第一句，变幻无常，就像我们的生命过程，是不确定的，有时候是残酷的，却也因此而美。

那为什么说"每一个序曲终究都只是续篇"呢？我的理解是，太阳底下无新事。我们的生命过程，前人都曾一一体会过。而我们自己的生命体验，既是地球上无数生命的续篇，也是于自己而言，从未有过的崭新开始。

总是为这样意味深远而又温柔的诗句深深着迷。

我其实最偏爱的辛波斯卡的一首诗是《种种可能》。里面有太多深入我心的句子。像是"我偏爱写诗的荒谬，胜过不写诗的荒谬"；像是"我偏爱，就爱情而言，可以天天庆祝的不特定纪念日"。

写诗的荒谬是诗人的幽默和自嘲。不写诗的日子，也许就像是生命里不起舞的日子一样，都是被辜负的光阴，都是荒谬中的荒谬吧。

生命燃烧的余温

| 张枣的女性三部曲

我和喜欢我的歌的人，常常是互相滋养的关系。

在一次演出结束后，收到一位现场听歌的人送我的一部张枣诗集。后来的几年时间里，这部诗集一直陪伴着我。他的诗给人的感觉既古典又现代，选用的意象很美，像是古典山水画，辞藻组合起来又很清新、现代。这一点深入我心。

柏桦在《桦论张枣｜"这内心强悍的湖南人总是轻盈的"》一文中写："张枣的诗既是传统的，又是具有个人才能的，它完全符合T.S.艾略特那条检验好诗的唯一标准：这个作品看起来好像符合传统，但它却是独创的，或它看起来似乎是独创的，但却可能是符合传统的。好作品的标准必是既传统又独创的，而这须臾不离，难舍难分。"

后来我又从《亲爱的张枣》一书中，通过诗人朋友们对他的诗歌解读，包括与诗人本人交往的细节回忆，了解到了立体而鲜活的他，也明白了为什么他的诗歌既古典又现代。

我和诗人的共同点，就是我们都是外语系出身。1978 年，十六岁的张枣考入湖南师范大学外语系少年班。1983 年考入四川外国语大学研究生。他精通多国语言，不仅是英语，二十三岁赴德国读书，可以用德文、俄文读原诗。

回想自己进入日语系之后，打开了一扇新的语言窗户，并且深入了解了异国文化，我确实真真切切感受到多了一双看世界的眼睛。不用通过翻译，自己能够直接听懂日文歌曲里用词的细腻差异，读懂日文诗歌里含蓄的言外之意，看到电影画面之外的微妙语气，这种感觉非比寻常。

张枣可以用外文直接读国外的原诗，同时吸收西方诗歌的技巧。他曾对诗人朋友用湖南话说了这么一句："这下我用的武器就先进了撒，晓得不？"外语给他打开了更广阔的诗歌世界，也让他的诗歌融入了更多样化的现代元素。

同时，我们还有一个共同点：异国旅居生活的体验。

诗人陈东东在与张枣的通信中写："还好你有几乎是信仰的诗歌信念，这也是我们对话的基础和前提。有人说你的幸运在于远在国外，避过了国内物欲冲击诗意理想和诗歌写作的时期，你的诗才，像是得到了神的保护。但在我看来，正相反，是诗歌把你从远在国外的孤寂难挨里拯救出来了。要是你不写诗，你在德国会怎么过下去呢？"

可以想象，在遥远的德国，脱离自己的母语环境后，诗人如同活在脱离现实生活的真空里，被孤寂包围，也放大了感受力。对于一个真正的诗人来说，远离喧嚣，反而是创作的好环境。

这一点，我亦深有体会。异国生活，有时会让人更加往内看，更直面自己。不太会受到其他干扰，会带来孤独，同时也带来充足时间观照内心，自省当下。

至于为什么他的诗歌语言自带古典美，从《众声》这本书中郭玉洁写下的张枣的童年细节里，可以窥见一二：

> 张枣 1962 年生在湖南长沙，从小和外婆住在一起。外婆是从"旧社会"过来的少数读过书的老人家，她有一本《白居易诗选》，锁在装粮票和钱的柜子里，有空就拿出来读。张枣说，她读了很多年，最后都被翻烂了。
>
> 外婆还喜欢另一个诗人，杜甫。她当时在一个汽车修理厂值夜班。十岁的张枣和外婆一起睡，小孩子夜里不老实，老是踢被子。早上醒来后，外婆说，真是"娇儿恶卧踏里裂"啊！张枣不明白这是什么意思，外婆告诉他，这是杜甫《茅屋为秋风所破歌》中的句子。
>
> 张枣不能完全明白这首诗，但是他一下子就觉得"娇儿"这个词用得太好了，"一下子呈现了我和外婆的关系。"他疑惑，为什么这样一个平常的动作也会变成诗歌？好像变得不太一样了。幼小的他并没有想到要当诗人，只是觉得自己的世界被照亮了。

这段描述让我更加有共鸣，想到自己童年经历的相似之处。小时候奶奶的古典气质润物细无声般进入了我的生活，她也是旧社会里少数读过书、接受过完整大学教育的知识女性。她影响了我的父亲，也影响了我。

而张枣的父亲，也同样如此，不仅是一个诗人，还会用俄语给他念普希金，让幼年的张枣感知了最初的朦胧的诗意。有了来自父亲和外婆的这些熏陶，也就不难理解为什么在张枣的诗歌里，充满浓郁的古典美气息了。

童年家庭教养加上后天的外语训练以及大量接触外文原诗，张枣在诗歌里无缝衔接了古典底色和现代西方技巧，并且产生了新的化学反应，形成他自己独特的诗歌语言风格。而这一定也离不开他天生的艺术表达能力。是一种与生俱来的禀赋。

外界评价张枣是一位当代先锋诗人，也是一位早逝的天才诗人，"外人谓其影响程度为海子之后未有"。能够用得上"天才"二字的诗人，像海子、顾城，在他们的诗歌里，都能读到个人独特的韵律。而张枣的诗歌，也有着天然的音乐性。我常常想，为什么诗歌总可以给我旋律的灵感和冲动，在这里也仿佛找到了答案。

而诗人张枣也许没有想到，在他的诗歌里，我共鸣更多的是那些关于女性的部分。

这些关于女性的诗歌在不同的角度给了我触动，让我感受到女性力量在不同阶段的状态——欣喜、期盼、绝望又生出希望，不约而同都让我有了谱曲的灵感，于是一起组成了我个人的"张枣三部曲"，收入了我 2019 年的专辑《然后，我拥抱你》中。

这三首诗分别是《镜中》《穿上最美丽的衣裳》和《麓山的回忆》。

1

镜中

只要想起一生中后悔的事

梅花便落了下来

比如看她游泳到河的另一岸

比如登上一株松木梯子

危险的事固然美丽

不如看她骑马归来

面颊温暖　羞惭

低下头

回答着皇帝

一面镜子永远等候她

让她坐到镜中常坐的地方

望着窗外

只要想起一生中后悔的事

梅花便落满了南山

　　在我看来，这首诗有着非常动人的意象。虽然无法从诗歌中看到任何一个具体的字眼指向，比如什么是一生中后悔的事，"皇帝"

又意味着什么，镜子里等候着她的是温暖还是孤独，等等。却正因为这样，可以让人勾勒出自己的一幅画面。

究竟诗歌里描述了一位怎样的女子，有着怎样缱绻的故事和心思，每个人读到的是不同的版本和感受。多年以后，当我自己慢慢体会人生，每次读这首诗歌，都有新的体会。

"登上松木梯子""游到河的另一岸"，这些代表着女性在某种既定人生框架之外，尝试冒险的乐趣。而另一面，又是对"皇帝"所代表的某种正统、束缚、权威的"低头羞惭"，让她在那些冒险之后，仍然坐回到生活那面日常的"镜子"之前。

就那么在镜中坐着，望着窗外，那个象征着广阔自由和无数可能性的世界，怅惘着，回想着那些一生中后悔的事。

这也是大部分女性的人生。跃跃欲试着想要跳出生活框架，却仍然不得不回到生活框架。多少无奈，多少心思缱绻。但因为诗歌语言实在是太美了，这种遗憾，又带着某种美。

读这首歌，也让我深切地体会到了什么叫作"如歌的行板"，也想到了诗人痖弦写下的"温柔之必要，肯定之必要，一点点酒和木樨花之必要，正正经经看一名女子走过之必要"。

这首诗诞生之后，很快获得了人们如潮水般的赞许，而对于此张枣本人却大为不解。他觉得这首诗不如自己的其他作品成熟，技巧不够高超。但也正是因为它的浑然天成，它的璞玉之美，让人动容。

正所谓，"这首诗，是带着天才的气息被创造出来的"。

写这首诗的时候，张枣刚刚二十二岁。柏桦形容他："梦幻般漆黑的大眼睛闪烁着惊恐、警觉和极其投入的敏感，复杂的眼神流露出难以形容的复杂，因为它包含的不只是惊恐、警觉和敏感，似乎还有一种掩映着的转瞬即逝的疯狂。他的嘴和下巴是典型的大诗人才具有的——自信、雄厚、有力、骄傲而优雅，微笑洋溢着性感。"

音乐人钟立风在多年前将这首诗谱曲完成，我最开始听到的正是他演唱的版本。在谱曲中感觉到钟立风格外注重了诗歌本身的"律动感"。就像诗歌里的句子，"比如看她游泳到河的另一岸，比如登上一株松木梯子"，一切都是在递进、在进行中，灵动而延绵。

钟立风赋予这首诗歌的旋律让我很喜欢，让我很想也翻唱一遍，用自己的声音和感觉。于是 2019 年，我录制了自己的版本。有趣的是，这首描写女性的作品，来自男性诗人和男性音乐人，这回是头一次由女性的声音唱出来。

我喜欢"危险的事固然美丽"这一句，充满了浪漫的隐喻。让我联想到辛波斯卡所写的那句，"确定是美丽的，而不确定更为美丽"。

我也尤其喜欢"只要想起一生中后悔的事，梅花便落满了南山"这一句，作为这首诗的结尾点睛，遥相呼应着那句经典的电影台词，"人生若无悔，那该多无趣"。

2

穿上最美丽的衣裳

让我以沉默的嘴唇向你致敬

我终日行走着的爱人

红红的火焰

每件事物的崇高的光轮

让我看那最古老的部落

渡过河流和阴云

我知道你是其中的一员

沉思在细雨喃喃的黄昏

和心事重重的人群

歌唱吧，我的爱人

请带领其它钟情的妇女

歌唱　歌唱

并穿上最美丽的衣裳

　　这首比较起《镜中》的柔美，多了一些力量感，似乎带着某种对女性力量的呼唤。下面让我试着解读一下这首诗：

　　"让我以沉默的嘴唇向你致敬"，诗歌一开始，诗人便以沉默之吻，传达对女性的敬意。

"我终日行走着的爱人"，这位爱人应该是思想跳跃的，行动有力的。不是循规蹈矩，不是一潭死水，因此也才让诗人值得致敬。

"红红的火焰，每件事物的崇高的光轮，让我看那最古老的部落"，这几句非常有画面感。我想象到人类原始社会的场景，回到母系社会的模样。那时候女性是维系社会家族的主导力量，还未被后来的男权力量压制，就像红红的火焰般那么光彩熠熠，那么崇高。

"渡过河流和阴云，我知道你是其中的一员。"是的，就像河流一般汩汩流淌，就像阴云一般心思密布，我的爱人，你恐怕也是这样度过每日。"沉思在细雨喃喃的黄昏，和心事重重的人群"。是的，现实生活让人捉摸不透，社会有时让人压抑不堪，这该让人怎么办。

"歌唱吧，我的爱人。"诗人说，那么就歌唱吧！"带领其他钟情的妇女"，不仅是对我的爱人发出的召唤，还包括更多的女性，让她带领着她们一起。这句令人尤其动容。

"歌唱，并穿上最美丽的衣裳。"以这句结尾，穿上新衣，新的容貌，去呼唤新的生活一般，体面而鲜亮地，去奔赴人生的盛大舞会和游行。

整首诗就这样一气呵成，当我在最初读到的时候，并没有以上这么具体的感受，只是让我觉得血液沸腾，旋律也就涌了出来。

后来，我找到法国留学归来的音乐人肖瀛一起编曲。而肖瀛的古典音乐素养，与张枣诗歌里的古典美不谋而合。我们一起给了这首歌一种舞会的音乐气息，穿上最美的衣裳，参加一场盛大的女性力量主导的典礼。肖瀛的琴键绵密而有力，始终贯穿其中，颗粒感清晰，节奏感鲜明，所带来的音乐情绪有如电影叙事般深沉，同时又有着古典气息的律动节拍。

3

麓山的回忆

你在山的下面起舞

不再跟其他的手臂牵连

天欲落叶，树欲啼鸟

阳光普照你的胸前

空气新鲜，你不怕

你的另一半会交付谁

谁是黑暗，水果的里面

谁是灯，开启之前

谁去山顶的上面

书未读完，自己入眠？

到了这首诗，我分明读到了张枣写下的一些独立女性的气息。

"你在山的下面起舞"，和《穿上最美丽的衣裳》遥相呼应。起舞，也是生命的绽放，是女性美丽而坚韧的生命力的象征。

"不再跟其他的手臂牵连"，决绝，坚定。"阳光普照，空气新鲜，你不怕你的另一半会交付谁"。好一个"不怕"。勇敢，明亮。这种隐隐的张力，嵌入在《穿上最美丽的衣裳》，也藏在《镜中》。这些诗里面所描写的对象不约而同都是女性。

很多人问我，"谁是黑暗，水果的里面"，这句又该怎样理解？我想，他也许是想要告诉我们，任何事物都有光明和黑暗的一面。甜美如水果，未切开前里面也是一片黑暗。看似美好的人，内心也许有着深不见底的黑洞。人性复杂如此，世间万物也如此。

《麓山的回忆》在我写好旋律之后，同样邀请音乐人肖瀛来完成钢琴伴奏。前奏缓缓响起，如同大幕拉开，如同山中弥漫的雾气一点点被早晨的阳光照亮。"谁是灯，开启之前"跟"谁是黑暗，水果的里面"，这几句旋律不断反复，伴随肖瀛在结尾处的几段反复弹奏处理以及循序渐进的升调处理，让压抑的心绪仿佛透进了一丝光亮。

4

对诗歌的理解千人千面。每个人都有自己的主观理解。自然我也不例外，而这也正是诗歌的魅力所在。

在张枣去世近十年后，我用音乐的方式重读这些作品，好像是一种冥冥之中的遇见。

这三首是属于我个人的"张枣三部曲"，也可以称之为张枣的"女性诗歌三部曲"。张枣作为男性诗人，却能够巧妙地站在女性的角度思考和表达。我想，这也是他的诗歌能够跨越性别和时间，让人不断重读的原因之一。

当我在那次音乐会结束、收到张枣诗集的时候，没有想到我会与这位诗人发生如此密切的交集。这种交集，并不是与他面对面的交谈，而是与他所留下的作品，与音乐、与诗歌发生的一种奇妙的交集。

我没有想到与他本人其实有着如此多的共同点。比如同样有着热爱古典诗歌的家人，同样出身外语系，同样的异国生活经历。而这些冥冥之中，也让我对他的诗歌有着深刻的共鸣。特别是他所书写的跨越性别、女性视角的这些诗歌，是如此触动我。

"什么是诗歌，是生命燃烧过后的灰烬。然而很多人还不是太明白，去追逐灰烬，而不是燃烧。"我爱的诗人歌者，莱昂纳多·科恩，如是说。

我理解他的意思。追求诗歌而忘记了生活，追求艺术而忘记了生命本身。都是冒然而迷惘的。

诗歌是生命燃烧的灰烬，张枣的诗歌尤其是。

也许音乐将重新扬起这份灰烬，在多年以后，仍然让人们感受到诗人所留下的余温。

《晴日共剪窗》里的歌

| 庭前花木满，院外小径芳

《晴日共剪窗》这张专辑，是我人生的第一张专辑。

很多人可能是通过 2014 年《诗遇上歌》这张专辑开始正式认识我的。其实在那之前，2012 年我从北大硕士毕业之际，作为留念，进录音棚录制了一张音乐小专辑，大部分曲目只有一把古典吉他伴奏。里面收录了我刚刚拿起吉他时写下的九首歌，可以说这是我的处女作，就是这张《晴日共剪窗》。

说起来那会儿怎么有进棚录专辑的想法，还要回溯到那时我的生活和遇到的人。

我读研究生二年级时，刚刚从日本东京实习回来。因为受到东京小伙伴的影响，学习吉他的欲望暴涨。回到北大之后，我立刻加入了吉他社。从第一个和弦 C 和弦开始，摸索一点简单的旋律。

没想到，这一摸索，就停不下来了。常常用一两个简单和弦，就写出来一首歌。不知不觉，有了八九首小样。其中一首，就是《晴日共剪窗》。

　　　　　　　　　　　　　　　　　　　　　　　　夏

晴日共剪窗 | 庭前花木满，院外小径芳

在忘了多久的以前

有过一首诗

它是这样唱

庭前花木满　院外小径芳

四时常相往　晴日共剪窗

在我很小很小的时候　曾经有个四合小院

那里住着我和奶奶　还有一只小花猫

那时的小院种满了花　台阶下面有青草

那时的我呀手里拿一本　唐诗宋词三百首

那时的奶奶教我念　白鹅曲项向天歌

等到太阳明亮的时候　还会教我剪窗花

那是我最难忘的过去　常常出现在梦里

于是后来我学会了写字　于是有了这首诗

庭前花木满　院外小径芳

四时常相往　晴日共剪窗

　　这首童谣式的小歌，念白式的唱词，记录了我小时候和奶奶一起生活的记忆，唱起来也特别有感触。奶奶是我的启蒙老师，她性格温静，喜读诗书，常常给我讲古时趣事。她爱写文字记录生活，

那时的我仅有四岁，而如今翻看祖母留下的日记，可以看见自己的儿时模样：

> 晴好午后，和小孙女一起坐在院中纳凉，小孙女性格开朗，随时都是兴致勃勃的样子。我教她写字，她不会厌倦，每次都是很快记下，格外聪明乖巧。小孙女常常跑到树下，像是期盼着早一点结出果来。我来家时候刚栽下的那棵小树，如今已可以开出两三朵花。

那时夏天的一场雨后，她会去小院里摘下湿漉漉的青豆角，用水和面，做好热腾腾的青豆角蒸饺，然后拿一把蒲扇，坐在葡萄藤下等我放学回家。每年年末，她会裁一匹薄纸，挑选不同的花色，教我剪几样窗花。如今那个小院里的过往，仍是我最初的灵感来源。

我还不能确定 | 我们是不是　应该恋爱了

窗外的柳树　已经发芽了
而我们是不是　应该恋爱了
夏天的风啊　吹啊吹啊吹
它吹散了我的头发　也吹乱了我的心
你像那一阵风　悄悄来到我身边
告诉我你的快乐　还有一些难过

我静静地听 你悄悄地说

远处的水面 已泛起了清波

我还没有把握 我还没有把握

你的心的模样 是不是和我一样

我还不能确定 我还不能确定

枝头的鸟儿啊 过来听一听

窗外的柳树 已经发芽了

而我们是不是 应该恋爱了

这是一首写满女孩小小心事的暗恋的歌。

初夏的下午，一个女孩遇到了喜欢的人，却还不知道对方心意的时候，自说自话美好而又不安的心情。

其实那个女孩就是我自己。好像从我开始对异性发生情愫起，大多数是暗恋。

越是遇到喜欢的男生，越是说不出口。

而且自己的内心会画出一万种和他在一起或甜美或忧伤的模样。这让我想起了很久之前，和一位年长的女性友人的一段对话，让我觉得这也应该就是恋爱的真正模样，是年轻时候应该体会的"纠葛"。

对话是这样的：

我："恋爱使人感到疲惫。内心。"

她："为什么？"

我："会觉得被什么牵引。会期待对方的消息。会不停地想象。"

她："那不是恋爱本来的样子吗？"

我："可是这样一来做什么事情都变得不安心了。"

她："安心的话就不是恋爱了。内心被牵引而不安，总是感到无所着落。就是这种内心怦怦的感觉。你知道，这是多么好的事情。"

最后，她自言自语般说了一句：

"少年真让人羡慕。我内心怦怦的这种感觉究竟是去哪里了呢？"

给猫夏的你 | 鸟叫声叽叽　清越又纯净

五月炎热天气的日数

比四月多　比六月少

晴多雨少的月份　风也憨憨的

还好有绿杨荫翳的林间路

鸟叫声叽叽　清越又纯净

夏风纹丝不动的晴朗天

忽然下起雨

我驻足　诧异　张望了好久

却原来是鸟叫声

惊落了叶子的汗珠

一滴滴震落下来　色泽像琥珀

词 | 李成金

"猫夏"是说"猫在夏天"的意思，这首歌的歌词改自学校里哲学系一位挚友的诗作，他的研究方向是中国美学。那时我正在学校攻读枯山水庭园等日本美学的相关课题，发现日本美学与中国美学连理同枝，于是常常跑去静园旁边古色古香的哲学系读书听课。

那时结识了很多美学系的师友，他便是其中的一位。他是性格内敛的人，不爱说话，却下笔有神，常常读到他的诗作，倍觉亲切，感到他对世界的理解颇有一番独有的细腻和温柔。

当有一日读到他这一首《给猫夏的你》时，脑海里模糊有了旋律，于是回去便谱成了这首歌。

一个人上路 | 说好的旅行　你已缺席

一直不停的雨天　坐在车站的最里面
人群不停地穿梭　却始终不见你经过
厦门的天空很蓝　风吹过南海到北岸
海看过很多很多　心里面却还是失落
说好的旅行　你已经缺席
于是我决定　一个人上路

听到你说爱我的时候，我便决定，从此带上所有的明日，和你一起前行。

而倘若，后来的你不再爱我，那我只好重整行囊，一个人继续上路了。

随着时间经过，渐渐看清楚了一些人和事情，决定不再被他们羁绊，准备新的开始。然而在这时，仍会有隐隐的不安，因为告别了他们，也意味着告别共有的那段时光里曾热烈投入的自己。

会阵痛，怀疑，灰心和哀伤。就像爬行动物每次蜕皮的经历一样。褪去的曾是自己身体的一部分，是曾经的自己。或留恋，或不舍。然而也只有这样，才可以重生。

每个人，都应像一株多年生的木本植物，年年月月，经受着季节的变换，斑驳了枝干，褪去了曾经的稚嫩和青涩，然而每到春季，却愈加枝繁叶茂，花期到来时愈加烂漫。脱壳而出的金蝉，告别了幼时的模样，才拥有了轻盈的翅，从此获得飞翔的自由。

勇敢告别，骄傲生长。

你们 | 我爱一回房间就看到你

我爱一回房间就看到你
我爱一出门口就想念你
不管日子每一天是怎么样过去
只要在你身边我就从来不怀疑
那么多的故事里面都是你
那么多的记忆里面都有你

不管多么远的距离都不再是距离

因为　你在　我的心里

你们啊～我的你们啊

你们啊～我的你们啊

冬天刚刚过去　夏天没有痕迹

我们还有时光　依然在继续

　　《你们》是我拿起吉他之后写的第一首歌。那时候在学校的民谣班刚开始学吉他，老师特别鼓励大家有一颗敏感的创作的心，于是在学会按第一个 C 和弦之后，回去便兴致勃勃地，就着这一个和弦哼出了旋律，配了歌词，写成了歌。

　　这么做的还有当时民谣班里的另外两个女孩，一个叫阿菡，一个叫兰桐。我们三个在后来的民谣班上见了面，彼此相识之后，就常常去学校草地上一起练琴唱歌了。

　　再后来，在民谣班最后结课的时候，我们三个人共同创作了一首歌，排练了两遍，在学校吉他社一年一度的木吉他原声夜专场演出上露了脸。还记得第一次抱着吉他登台演出时候的兴奋和紧张，而如今再回头，那时如果没有和她们一起弹琴，我也不会对吉他和音乐越来越着迷。

　　除了她们两个，还有吉他社里的很多朋友，有他们一起，我才觉得创作音乐可以这么有趣。成长的时候，有可以一起并肩分享的人在，是一件多好的事。

将热望谱唱成歌

Loving You

Come to the Sunday

Come to the Monday

Come to the days as everyday

Come to the Tuesday

Come to the Wednesday

Come to the days I miss you

Do you know I'm loving you

Do you love me as I do

Come to the sunshine

Come to the rain

Come to the change in the sky

Come to the sweet

Come to the bit

Come to the change in my heart

Do you know I'm loving you

Do you love me as I do

Once time I see you

Once time I want to know

Do you know I'm loving you

Do you love me as I do

夏

这是一首关于恋爱的歌，一首表白的歌。

这首歌也是我创作的第二首歌，把这首歌搬上舞台表演的时候，实际上也是我第一次弹唱表演，紧张加上设备的问题，几乎听不到舞台反听，到第一段主歌结束的时候，干脆停下来问旁边一起表演的伙伴："我是不是跑调了？"

台下观众一下就乐了，我害羞到视线都不知该放到哪里了，喘了口气，拿好吉他说"下面第二段"。大家笑得更厉害了，接下来听到了掌声。

很感谢学校图书馆南配殿的观众，在我表演的最初时候，面对最青涩的我，给我鼓励，让我可以继续走到现在。

思故乡

午后　四点钟　外面天空忽然黑了起来

一阵风　慢慢地吹过　大雨落下来

小时候　常常望着天空　看着星星眨眼睛

一转眼　时间悄悄走　走不回那时候

床前明月光　疑是地上霜

举头望明月　低头思故乡

这首歌唱的是对故乡的回忆。

但已经不是祖母当年唱《松花江上》的那种悲伤。时代不同了，思乡也可以很轻快。我在歌曲里面加入了巴西音乐巴萨诺瓦（Bosanova）的节奏，歌词部分把李白的诗《静夜思》唱了进去。西方与东方，现代与古典，可以在一起玩。

Long Way

It has been a long way

It has been been a long way

Since the day you told me your love

Since the day you say me goodbye

It has been a long way

It has been been a long way

Since the day you gave me your heart

Since the day you leave it away

It has been a long way

It has been been a long way

Since the day you gave me your heart

Since the day you leave it away

It has been a long way

It has been been a long way

Since the day you told me your love

Since the day you say me goodbye

跟《一个人上路》一样，这也是一首关于失恋的歌。

回想那还是夏末的时候吧。季末的风温度渐渐冷却。走路时长裙下露出脚踝，开始感觉到清凉，河岸边微风吹起了前额的发梢。日光充足，和暖又清凉的气候，让人怎样穿衣都不会感到困窘。趁这样的好天气，周末去东京旧滨离宫恩赐庭园散步。

大片的花田，低矮的房屋，泛着波光的水面，回头看风景的侧脸。如今再看那日的相片，庭园里树叶间风的清澈味道便又吹了过来。

在二十几岁的年纪，慢慢寻找自己。有时候会对世界感到陌生和不解，从而感到困顿和不安，却从来不会因此而沮丧，而是换一种好奇的姿态，坦然地去重新发现。想想那些看似盲目却停不下脚步的梦想，疑惑却依然充满期待的内心，一切都在和时间一起缓缓前行着。

那些不断变化却始终坚持着的信仰，也只是随不断成长变了另一种模样，并不是对从前的自己放弃或者失望。从未沮丧。

那些走过的道路，一起经过的时光，有意无意间说起的话，是一晃而过的瞬间，却永远裹挟在那时的空气里，永恒存在。

在你身后 | To Be After You

在这世界里　有很多个地方

等着去发现　它的美丽

微风　海鸟　森林　还有山

每一次清晨和你的出发

每一个夕阳西下的归程

La……

于是这场短旅

只想跟在你的身后

To Be After You

在这日子里　有很多的时光

平常的模样　却又不一样

夜晚　雨水　花儿　慢慢开

每一年只有一次的春风

每一夏只有一度的蝉鸣

La……

于是这场短旅

只想跟在你的身后

To Be After You

　　2010年秋天开始，我在东京做实习生。每日清晨起床洗漱，换乘固定班次的电车，随拥挤的人群去往工作地点。看惯了每日重复的画面，不知不觉对生活变得漫不经心，甚至开始有些不耐烦。就在那时，认识了裕树和森川。

　　他俩一直生活在这个城市，对东京的每条街道和转角都熟悉。热爱着大学毕业后就选择的一份职员工作，已经这样继续了十年。

喜爱摄影，从六本木的写真美术馆到茅场町的小山登美夫画廊，甚至一下就可以说出哪里有夜晚可以看得到的展览。

他们总是有那么多有趣的事，情绪从来都温润，兴致勃勃，叙述着每日，邀请着每日。

这首歌带着一份珍重的感激写给他们，是他们告诉了我那么多关于生活的顾盼。也想告诉大家，这个世界有那么多美丽的地方等着我们去发现，那么多梦想等着我们去实现，遇到那些可以与你结伴同行的人，就一起出发吧。

末

关于《晴日共剪窗》这张专辑，我想说，这是我的音乐创作最稚嫩的开始，也是珍贵的开始。

它就像是我的音乐道路上的一颗种子。人在少年的时候，有很多有关未来的想象。像还未出土的种子，努力地生长，期待着破土，想看看这个世界到底是什么模样。想象着自己写下的那些旋律，到底有没有人去听，有没有价值，这颗种子会不会开花。

假如稍稍尝试着探出头的那一刻，遇到了厚重的云层，看到这世界的第一眼便笼罩了阴影。那些轻易说出口的评判和否定，开始让我怀疑曾经那些热烈的想象和原初的梦想。或许只能被迫选择遗忘。

其实，渴望了那么久的内心，所需要的，只是一隙光亮的可能而已。

我很庆幸自己的坚定。不管古往今来无数应验的道理和逻辑，也不管应该如何正确地判断和分析，内心的声音是："我要属于我的那一份可能。"

　　因此才有了这张小专辑，也有了我音乐创作路的开始。

　　想对开始创作的人，以及还在创作的自己说，就这样一直想象下去吧，趁着还年少。不管遇到多么厚重的云层，都不要灰心，不要急着和最初的自己说再见。那些年少时候固执又美好的认真心情，请永远不要遗忘。

《诗遇上歌》里的歌

| 一切都是命运

这张专辑，是我第一张正式发表的专辑。2014 年，我自费制作了它，然后正式以独立音乐人的身份"出道"了。

这张专辑的封面拍摄，来自日本超现实主义画家野田弘志。这张专辑的命名，四个字"诗遇上歌"，来自诗人北岛的建议。和他们的相识，以及这张专辑的诞生，尤其离不开下面这首诗的作者，旅日诗人田原。

枯れ木 | 枯木是唯一真实的风景

春の中の木は / みな緑になった　春天树木绿了

枯れ木はまだ冬の中に / 冬の中にいる様子だ　枯木还是冬天里的模样

枯れ木は細い指で / 賑やかなメロディーを　枯木用纤细的树枝

弾き出すことなのか　弹奏动人的旋律

枯れ木は一年四季同じ色　枯木一年四季都是同一种颜色

枯れ木は一年四季どんな言叶もない　枯木一年四季不说话

风の中　雨の中　在风中　在雨中

明るさの中　暗さの中　在明里　在暗里

何の饰りもつけずに　没有任何装饰

枯れ木は唯一　真実の风景　枯木是唯一　真实的风景

译｜程壁

　　先介绍一下这首诗的作者，旅日中国诗人田原。他是翻译家、文学博士，现在日本城西国际大学文学部授课。他使用中日双语写作，并获得日本 2010 年度第 60 届 H 氏诗歌大奖。他还是日本国民诗人谷川俊太郎的中文译者和研究者，代表诗集《岸的诞生》《石头的记忆》。

　　我们在东京相识，是经当时在东京的新华社朋友介绍。他得知我喜欢创作音乐，便给我提议，为什么不给喜欢的诗歌谱曲。

　　我也特别喜欢现代诗歌，这个提议一下点亮了我的创作灵感。我听完之后跃跃欲试，微信对话里问他，可以给我推荐一些诗歌吗？

　　后来就收到了一份诗单，里面是他整理的适合谱曲的短诗。说来也怪了，这些诗一下就戳中了我，给了我谱曲的冲动和灵感，其中包括北岛的《一切》，塔朗吉的《火车》，西川的《夜鸟》，谷川俊太郎的《春的临终》，以及田原自己所写的《枯木》。

这些歌后来都收录在了《诗遇上歌》这张专辑里。

读到田原《枯木》这首诗的日文版本，我被最后一句话触动了："枯れ木は唯一　真実の風景。"翻译成中文即："枯木是唯一真实的风景。"这与我的审美以及世界观出奇的一致。

以前我曾写过这样一段话："前几日捡到的茶花，现在已经枯萎了。但我觉得很美。世间人多爱花的绽放，不爱花的枯萎。但我偏爱后者的美。在枯萎的花里我看得到生命，世间，流淌和凝固。"

这也与日本传统茶道美学里面推崇的"枯淡之美"相契合。茶道大师千利休使用最朴素的材料布置茶室，茅草屋顶，狭小空间，却禅味十足。

这首歌的部分编曲，分别是由打击乐手仓本将之以及木琴艺术家铃木未知子在东京录音室录制完成，感谢他们，曲子的旋律由慢入快，木琴和打击乐器的加入，让枯木也有了一点俏皮感。

春的临终｜我把活着喜欢过了

我把活着喜欢过了
先睡觉吧　小鸟们
我把活着喜欢过了
因为远处有呼唤我的东西
我把悲伤喜欢过了

可以睡觉了　孩子们

我把悲伤喜欢过了

我把笑喜欢过了

像穿破的鞋子

我把等待喜欢过了

像过去的偶人

打开窗　然后一句话

让我聆听是谁在大喊

是的

因为我把恼怒喜欢过了

睡吧　小鸟们

我把活着喜欢过了

早晨　我把洗脸也喜欢过了

当时给这首诗谱曲结束，我录制了一个简单的 demo 之后，我发给旅日诗人田原。他听完，说很好。他本身就是谷川俊太郎的中文译者，他告诉我有机会可以发给谷川本人听一下。

于是后来有了我们一起去谷川家里包饺子的故事。这首小歌也借着美味的韭菜鸡蛋饺子，得到了谷川本人的肯定以及谱曲授权。临走时，谷川说下次再来我家包饺子，我们笑着说一定。

这首诗，我在每次现场唱起来的时候，都会被它的措辞所俘获。"我把活着喜欢过了。我把等待喜欢过了。我把悲伤喜欢过了。"简洁，动人，每一句都印象深刻。

同样的句式，我也想说，"我把这首诗喜欢过了"。第一次遇到这首诗，读着读着，就冒出了旋律。就像是小树芽一样往外冒。拿起吉他，十分钟就写完了旋律。

我记得《诗遇上歌》这张专辑刚发出，这首歌刚被大家听到时，有一次，我在广州的 livehouse 演出。演出结束后，我和乐队一起离开，路上突然在黑漆漆的草丛中，跳出来一位听众。

他很激动，又很腼腆地跟我说："程璧，你好，今晚我听了你的现场。想跟你说，第一次听到《春的临终》这首歌的时候，我真的惊为天人。"

我和身边的乐队，大家都会意微笑起来，被他的真诚"告白"打动。

也可见这首诗的魅力。我的谱曲和旋律只是为它穿上了音乐的衣裳，让它更容易送到人们的耳朵之中。这些文字和诗歌的魅力，才是歌曲本身的生命力。也是因为我被这些文字所打动，才诞生了旋律。

一切 | 一切都是烟云　一切都是命运

一切都是命运

一切都是烟云

一切都是没有结局的开始

一切都是稍纵即逝的追寻

一切欢乐都没有微笑

一切苦难都没有泪痕

一切语言都是在重复

一切交往都是初逢

一切爱情都在心中

一切往事都在梦中

一切希望都带着注释

一切信仰都带着呻吟

一切爆发都有片刻的宁静

一切死亡都有冗长的回声

和诗人北岛的结识，也是来自诗人田原的引荐。

谱曲诗人的作品，把它变成一首歌录制出版，需要得到作者的认可授权。很幸运的是，那时候北岛正好来东京，在大学举办一场讲座。

在讲座之后，田原带着我一起和他碰面，给他说明了我的来意。我带着一把尤克里里，小心翼翼地把这首谱曲完成的《一切》现场弹唱给他听。生怕太紧张弹错了和弦。

他很认真耐心地听完，完全没有大诗人的架子，像是一个亲切的前辈。对于我的谱曲，没有表示太多赞扬和肯定，但也没有否定什么。好像是说觉得挺感动的，因为我就这样出现在他面前，还是在异国他乡的东京，给他现场弹唱这首诗。

夏

后来，他陆续听到了我给其他诗歌谱曲的作品。在联络邮件里他给我提议，说，这张专辑的名字不如就叫《诗遇上歌》。

关于《一切》这首诗，整齐的诗行，写下了生活。不是完完全全的悲剧，也不是喜剧。生活的味道是复杂多变的。

这是一首被外界评价为虚无主义的诗歌。然而我觉得这就是生活的真相。北岛妹妹的死亡，带给了他这样的虚无感。

这首诗歌的最后一句，关于死亡。我没有把它唱进旋律。只是在现场演唱时，会用念白的形式念出来。

死亡，对于当时的我而言，是不敢轻易碰触的字眼，尤其是在歌里唱出来。我不想渲染和放大关于死亡的一切。那时候的我，还未曾和死亡和解。

死亡也带走了我最亲的人，我的奶奶。大三的时候，我正在上日语精读课。班主任来到课堂，把我叫了出去。说，你该回家一趟了。

后来我才知，那叫作奔丧。

奶奶在我大三的那个暑假离开了我。永远离开了我。那时候我还特别懵懂，晚熟。根本不知道如何面对。从小和她一起生活，朝夕相处，奶奶于我而言的亲近感，甚至大于父母。所以她的去世，对我来说意味着最亲的人离开了。

我还没有任何准备去面对这件事。我不想去面对。我告诉自己这不是真的。

我到了家，看到奶奶安详地躺在灵床上，模样已经像是变了个人。我摸着她的手，冰冷。我很执拗，仍没有掉下一滴眼泪。

关于没有哭这件事，很多年后，母亲还不忘责备我。说，你可真是，回家看到奶奶竟然不哭。

我不知道，可能我在心里哭了一万次，也不想在众人面前哭。

或者是，我知道一旦我哭了出来，就意味着这件事成真了。至少在我自己的内心世界里，我可以继续欺骗自己，我可以不相信这是真的。

我接受不了，怎么这个世界就再也没有这个人了。说好的等我长大了、工作了、赚钱了让她享福呢，说好的那些未来呢？就这样骤然而止了吗？

很多年以后，当我漂洋过海去东京闯荡，当我一次一次站上舞台唱着《晴日共剪窗》，当我结婚生子有了自己的小生命，我才慢慢能够面对这件事，能够放过自己，与死亡和解。

奶奶去世的时候已经八十多岁。其实世俗意义上，已经是长寿而善终。但或许是因为我们的年龄差吧，我总觉得我的人生才刚刚开始，我和她应该还有很长的未来。

我的不哭，不是木然，是假装不懂死亡这件事。是逃避。这个伤口太大了，太疼了，让我无法面对，于是选择不面对。

很多人听我的歌，总觉得带有一点悲伤的底色。可能就是因为以我自己的性格，不敢去面对死亡等诸多生命里无法把握的事情。这种忧伤也进入了我的作品。

所以当我读到《一切》这首诗，我觉得特别有共鸣。

"一切交往都是初逢"，这句写得多好啊。人和人的初次遇见，总是美好的。那时候我们不知道接下来会面对争吵和分离，以及生离死别。

而关于"一切都是命运"，是这样的吧。父亲到了七十多岁的年纪，时常这么跟我感叹。他说他是一个从不相信命运的人，可是现在也信了。

夜鸟 | 它们离梦想近一些

残夜将尽的时候

是些什么颜色的鸟

掠过城市的上空

它们的叫声响成一处

它们离梦想近一些

它们属于幸福的族类

是些什么颜色的鸟

掠过城市的上空

带着它们的秘密和遗忘飞离

夏天树叶的声响

秋天溪水的声响

比不上夜鸟的叫声

我看不到它们的身体

也许它们只是一些幸福的声音

和西川在北京第一次见面，是我已经辞职回国开始筹备制作我的专辑《诗遇上歌》时。在一家很地道的家常菜小餐馆，我第一次见到他。

他同其他诗人前辈一样亲切随和，微笑着听完我的谱曲。

后来的专辑试听会，他也来了。说当他第一次听到我谱曲的北岛那首《一切》的时候，在开车回家的路上，掉眼泪了。他说，生活让人变得麻木和钝感，也是一种自我保护，内心已经很久没有被柔软的东西戳中了。当他听到这首诗被"一个干净的声音"唱出来，一下子就绷不住了。

这段感想，我始终记忆深刻，给了我很大的肯定。

《夜鸟》这首诗，也是西川内心柔软的部分吧。我第一次读到，就特别有画面感。残夜将近的时候，夜鸟在天空。当时的他，一定受某种困顿精神折磨而彻夜未眠，抬头看到了这群鸟，于是开始温柔地想象。

想象着夜鸟可以那么轻盈地飞翔，在城市上空鸣叫。带着秘密和遗忘飞离，想象着它们一定比自己幸福。

这首诗就像夜一样静谧，是忧郁的蓝色调。于是歌曲我也只用了一把古典吉他伴奏，邀请吉他手胡晨，配以非常温柔细腻的弹奏。每当我在舞台唱这首歌的时候，觉得周围静了下来。静谧的夜空，蓝色背影的鸟，飞翔在内心世界的最深处。

火车 | 桥都坚固　隧道都光明

去什么地方呢　这么晚了
美丽的火车　孤独的火车
凄苦是你　汽笛的声音
令人记起了　许多事情
为什么　我不该挥舞手巾
乘客多少都跟我有亲
去吧　但愿你一路平安
桥都坚固　隧道都光明

　　《火车》是土耳其诗人塔朗吉的作品。我来谱曲的中文，是诗人余光中翻译的版本。我总觉得，诗人来翻译诗歌，比起翻译家会更有味道。因为诗人更加知道对文字的把握，如何才能更具诗性。

　　读到《火车》这首诗是在东京的初春时节。火车这个意象，对于中国人来说似乎有着更为深刻的意义。每一年的春节，有数亿人从南到北，或者从北到南，进行一次大的迁徙。而火车是承载这次迁徙最常用到的交通工具。于是人们对于火车的印象，似乎远远多于这个交通工具本身，而是一种远方、亲情、离别与思念。

　　最打动我的那一句，是诗人说，"为什么我不该挥舞手巾，乘客多少都跟我有亲"。读到这样的句子，心头会不禁一热。是啊，如果不是诗人的提醒，是不是我们早就忘记了我们身体里流淌的是人类共同的血脉。

常常我们因为利益、信仰、国界而争执不休，可是诗人总是有着更广的视野，以仁爱之心，提醒那些因现实纠葛而变得盲目的人类，要记得互相包容与友爱。

因为我们是这颗蓝色星球上共同存在的人类。我们是不是可以对彼此送出一句祝福："去吧，但愿你一路平安，桥都坚固，隧道都光明。"

这首歌我在谱曲的时候，选择用复调长笛隐喻轰鸣的、高昂的汽笛声，用滚动的低音贝斯暗指车轮有力的滚动声。而剩下的，就交给一把古典吉他来完成。整个曲子似乎很厚重，但你仔细听，其实只用到三个乐器来完成。

我想这是一个正确的尝试，因为最后的效果出来自然而然，一切刚刚好。我认为在艺术创作时很关键的地方，就是对于度的把握。所谓民谣的配器相对简单，不是说真的简单，而是经由筛选后的简单。因为已经够了，要传达的东西已经传达到了，就不需要再多添加。

好的作品一定是有克制有忖度的，肆无忌惮的装饰和修辞都于作品无益。

我的心里是满的 | 我一点也不孤单

清晨

我一个人　醒来

一个人整理头发

一个人买早餐

一个人赶路

我一点　也不孤单

我的心里　是满的

我的心里　是满的

午后

我一个人　散步

一个人和小鸟说话

一个人看一棵植物

一个人回家

我一点也不孤单

我的心里　是满的

我的心里　是满的

夜里

我一个人　读书

一个人泡茶

一个人听雨声

一个人闭上眼睛

我一点也不孤单

我的心里　是满的

我的心里　是满的

《我的心里是满的》是专辑里面非诗歌谱曲类的一首。

除了这一首,《姑娘在路上》《天上的月你的脸》《我都跟你走》这三首也都是。我把这几首看作专辑里面的"小品"。所谓小品,意思是说在聆听诗歌的间隙,大家放松心情,听一些意味简单的曲子。

因为诗歌毕竟是凝练的文字,我在为诗歌谱曲的时候,比起是否悦耳,更重视这个旋律能否体现出字里行间诗人的思想以及情感。所以听过我的第一张专辑的一些朋友,可能会觉得这一张专辑没有上一张"好听"了。

其实,我所理解的"好听",并不一定就让人听了马上获得轻松和愉悦。"好听",也可以引人思索。艺术和娱乐的不同,就在于好的艺术作品可以给人启示,而不是一味去满足直接的生理需求。

这首《我的心里是满的》,创作于 2014 年东京初春。那时候刚刚从设计事务所出来,一个人生活在这个异国都市,每天都是自己和自己对话。自然而然,孤独寂寞迎面而来。

但后来仔细一想,这种因为周围环境引起的"孤独感"并不一定可信,我发现我可以和小鸟说话,可以凝视一棵植物,内心可以超越环境,让自己充实起来。

所以我写了这首歌。想说,当你独处的时候,多和自己的内心对话。

我都跟你走 | 不管多么遥远的距离

你有很多的不安 / 也曾觉得很孤单

日子这样地过去 / 你不知要去哪里

我懂 / 我也曾 / 像你这样啊

也许我现在 / 想要告诉你

不管多么遥远的距离 / 我都跟你走

不管多么遥远的回忆 / 我们都不回头

世上有很多的不快乐 / 就让我牵你的手

也许你有很多的疑惑 / 就请你跟我走

这首歌是专辑里面在现有诗作谱曲以外，由我自己来作词并谱曲的曲目之一。

在诗人们的那些经典诗歌作品之外，我尽量还原自己的本真状态，选择了那些最简单朴素的字眼来创作我的歌词。

比如这一首《我都跟你走》。写这首歌是来源于一位朋友的诉苦。他在困惑不知道要往哪里去，听完他的话我有了要写一首歌的想法。每个人都会有孤单和寂寞的时候，我也一样。回想自己在感到疑惑不安的时候，最希望听到的是什么？其实并不是那些人生的至理名言，而是有个人告诉你说："别怕，我和你一起走。"

这首歌最初的旋律创作，也是在我的老伙伴古典吉他上完成的。后来经过与编曲王思谦的讨论，决定尝试纯钢琴伴奏。这对我来说是一次全新的尝试。因为我的歌大部分都是创作于古典吉他，并以其为主要乐器伴奏。而这一次要试着整首全部用钢琴实现，所以一开始有些担心，比如会不会因为钢琴的音色而失去作品原本的感情色彩。后来听到了编曲小样打消了我的疑虑。后半部分的爵士钢琴即兴配乐，与前半段完全不同的节奏感，也实现了我想表达的坚定与信赖。

"不管多么遥远的距离，我都跟你走。"

天上的月你的脸 | 我的世界里有一个你

我的世界里有一个你

我的世界里有一个你

从春天的花开到秋天的叶落

从夏天的鸟鸣到冬天的雪飘

天上的月儿也望着你的脸

水中的月儿也望着你的脸

这首歌是我对去世的奶奶的一份怀念。

她的模样，从她离开这个世界的那一天起，总是出现在我的梦里。萦绕不去。

梦里的画面我记得非常清晰。湖面，月光把一切照得都很白。整个世界都是白色的。非常干净。而在湖面倒映出来的月影中，我看到了奶奶的脸。那么温和，安详。

我的世界曾经只有她。她曾是我童年的唯一，也是我的全世界。从春天的花开到秋天的叶落，从夏天的鸟鸣到冬天的雪飘。在我无法接受她离开的现实时，我孵化出这样一个梦境，来安慰自己。

这首歌很静很静，很慢很慢。完完全全唱着自己的内心最不敢碰触的伤疤，也是在用温柔的画面来治愈她离世带给我的永远的空洞。

姑娘在路上｜她不在意昨天也不害怕明天

有一个姑娘她走在路上
有她一直要去的地方
烦恼的事情都不会在意
走过了一段一段的成长
有一个姑娘她就在路上
遇到过很多很多的失望
无关的人啊就说声再见
有过的梦想在生长
wuhu ~ wuhu ~
这一个姑娘她就是你啊
她不在意昨天　也不害怕明天
她知道今天就是最好的

这是一首轻快的小歌，是给自己，也是给姑娘们加油打气的一首歌。

写这首歌的时候，我还没想过什么女性主义这样深刻的词，也没有读过波伏娃、伍尔夫。就是简简单单从自身的体会出发。作为一个女孩，在成长道路上，总会遇到坎坷坑洼，烦恼失望。该如何面对呢？那就是：潇洒说再见。

时间总是推着人往前的，不害怕昨天的尴尬出糗，也不害怕明天的未知无常——是我当时告诉自己的话。

那时的我，也不知道这张专辑做出后，会有什么样的反响。自费出版，花光了我几乎所有的积蓄。想着，做完之后，我应该再好好找个工作继续上班了吧？那也没什么，反正做出来了我就满足了。反正这是我必须做的一件事。

就做个野蛮生长的姑娘吧。

《我想和你虚度时光》里的歌

| 比如低头看鱼

我的两个审美方向，一个是沉静，一个是生动。如果说专辑《诗遇上歌》，因为那些厚重诗歌的加入，更多的是沉静，那么《我想和你虚度时光》里更多的是生动。

我把我的"生动"解释为：盎然的生意、蓬勃和自由。

为了诠释"生动"，我邀请莫西子诗来担任专辑制作人。从一见面我就知道，是调性相合的人。他的身上没有"城市感"，更多的是森林、大海、山野、月光。我听过他的专辑《原野》，或是高亢或是忧伤，或是明亮或是低沉。是从土地里面生长出来的旋律，所有的浅唱低吟都是最自然和原始的东西。

专辑里九首歌，其中五首我创作于东京，和节气、风物、自然、民俗有关。另外三首创作于北京，是基于三首中国现代诗歌的谱曲，是中国年轻诗人的作品。所以这张专辑，相比上一张《诗遇上歌》，自己作词部分会多一些，但仍隐含着诗歌这条线。会有趣。

关于专辑名《我想和你虚度时光》，来自刚刚获得鲁迅文学奖的诗人李元胜的一首诗。这是我最喜爱的一种诗歌样式，不规整的句子，不押韵，散淡，平常，但是突然会有一句直达内心最柔软的地方。想起辛波斯卡那句"我偏爱写诗的荒谬，胜过不写诗的荒谬"。写诗、唱歌，这些在一些人眼里也都只是些荒谬的事情吧。但我宁愿这样。

我想和你虚度时光 | 比如低头看鱼

我想和你虚度时光

比如低头看鱼

比如把茶杯留在桌子上　离开

浪费它们好看的阴影

我还想连落日一起浪费

比如散步

一直消磨到星光满天

我还要浪费风起的时候

坐在走廊发呆

直到你眼中乌云

全部被吹到窗外

我已经虚度了世界

它经过我

疲倦　又像从未被爱过

但是明天我还要这样　虚度

满目的花草

生活应该像它们一样美好

一样无意义

像被虚度的电影

那些绝望的爱和赴死

为我们带来短暂的沉默

我想和你互相浪费

一起虚度短的沉默

长的无意义

一起消磨精致而苍老的宇宙

比如靠在栏杆上

低头看水的镜子

直到所有被虚度的事物

在我们身后

长出薄薄的翅膀

音箱打开，大提琴声响起，我盘腿坐在家中地板上，慢慢回忆起关于这首歌的创作经历。

太多的话想说。记得刚刚为这首歌配好所有的乐器，录好了人声时，我写了这样的一段话，记录这首作品的完成：

我喜欢傍晚在房间坐着，还不急着点起夜的灯光，一点点看天色渐晚，闭上眼睛。听大提琴缓缓的弦外之音，就像是坐在云上看落日。口琴的声音也来了，圆号的声音也来了，想象是黄昏时候的海岸鸥鸣，远处码头起航的号角，就这样静静的，想象。

确切地说，《我想和你虚度时光》这首诗，是2014年的冬天，我在"读首诗再睡觉"这个微信读诗公众平台上第一次读到。记得这首诗一经发出，大家便纷纷转载分享，当晚阅读量瞬间破十万，让人怀疑如今真的穿越回了海子顾城那个文艺而纯真的读诗年代。

一句"短的沉默，长的无意义，一起消磨精致而苍老的宇宙"，让我眼眶湿润，瞬间旋律诞生。

辛波斯卡的《种种可能》里面写，"我偏爱写诗的荒谬，胜过不写诗的荒谬"。这句简直是一语道破天机。有人问我，诗之于你，是什么？我回答，诗会提醒我，在日常生活中不忘随时感受。诗是生活里的些许感受组合而成的文字，是人类语言特别美好的部分。

好诗是用你未曾遇到过的文字组合，在不经意间将你击中，却发现，是那么似曾相识。

写出这首诗的人，名字叫作李元胜。

出版社朋友垦叔说：他是我的朋友，来，我介绍你们认识。我先去收集一些资料了解诗人。看到照片，他的样子文雅清秀，一副眼镜，有学者的样子，却又如同隔壁学长，以至于我得知他是六十年代出生的人的时候，十分诧异。

后来得知，他同时又是一位自然摄影师，热爱丛林、接近植物，就明白了。诗人说听过我的歌，了解我的作品，如果我来谱曲，他完全放心，只有期待。

那个时候，我和另一位音乐人朋友，在乐童音乐小寒姐的介绍下，也刚刚认识。这位音乐人朋友就是莫西子诗。奇怪的是，和他初见就如同熟悉很久的老友。彼此都是没有框架，不守成规的人。没有寒暄，就坐下来开始聊创作，具体到惯用的和弦和节奏型。那天野孩子乐队的老马也在，刚刚买了新的羊皮鼓，敲起来叮咚作响。

我说，莫西，这首诗你读过吗？于是拿给他看。他看了半天，我跟他说，我想为这首诗谱曲，已经有了一点旋律，你听听看。他拿起吉他，拨弄几个和弦，我就着便开始唱，从副歌开始唱。因为那个旋律实在是萦绕在我脑里太久了，音符已经非常笃定，于是就那么放声唱了出来。他也跟着开始哼唱，没有停下来的意思。一直是重复着那几个和弦，慢慢地，还未曾明确的主歌的旋律，也顺着流淌而出了。后来，他在外地巡演的火车上，又把旋律改动了几处，加了几个明亮的高音。

再后来，为这首作品选择的乐器配置上，我们构思了很久。

最开始我还是惯性觉得，使用古典吉他，用分解和弦来弹，不吵闹地开始。而过了几天，莫西说，你听过我的那首《月亮与海》吗？我说听过，好听。他说，那我们就从扫弦直接开始吧，我给你加一把口琴。

我说好。然后他继续说，扫弦的话，还是箱琴好听。于是我找来了我的老搭档胡晨，他不仅可以演奏细腻柔软的古典吉他，箱琴技术也是水准一流。整整一个下午，手指按弦按得有些发青，是他，为整首曲子铺出了最初的吉他框架。

既然一开始是这样扫弦的进入，后面套鼓的出现便有了恰当的理由。在我以前的作品中，从未出现过套鼓。最多用到的是手鼓或者一些小打击乐器，比如《晴日共剪窗》和《姑娘在路上》，已经算是欢快的曲风了。《一切》里面，首次尝试了一点军鼓的加入。

而这一次，决定使用整体套鼓。莫西找来鼓手尝试用最简洁的打法来配合。到后面，决定直接放弃使用鼓槌，而是使用手，来敲击部分鼓面，为的是不显出鼓的突兀，多少给人一些音色渲染，即可。

在这个基础上，我和莫西不谋而合，感觉到需要大提琴的加入了。大提琴是我喜爱的乐器之一，我想到了大提琴演奏家宋昭。他也是一位先锋独立艺术家，演奏风格多元而自由。我约他来到录音室，他性格很温柔，做事又果断干脆，思路清晰，沟通起来非常顺利。

曲子里需要灵动的部分，需要绵长的部分，他都以惊人的速度，一一即兴完成，而且正是我们所想要的。包括最开始的，那种非常松散的大提琴独奏，像是在家中阳台上若有所思的拉法，他信手拈来。

我记得那晚录完，很开心地，我们去了胡同里朋友开的私人蒙古餐馆，喝了热腾腾的奶茶，吃了大块的烤肉。然后遇到了几个做音乐的朋友，大家一起即兴演奏起来。后来他在自己的微信朋友圈写下，生活本该就这样。那时候是冬天最冷的时候，心里却热腾腾得忘乎所以。

关于间奏部分的处理，一开始的时候莫西就说，要使用小号的音色。他模仿小号的声音，录了一轨人声。但是后来，又隐隐觉得会不会过于尖利。阴差阳错，遇到了萨克斯手，李增辉，他是万能青年旅店的乐手之一。

进录音室后，莫西问他，可不可以模仿号的音色来吹。他说，我试试。第一次，不是很接近，再后来，就有了。突然让我觉得，这样的吹法真的像是圆号的声音，号角声起，准备扬帆远航的感觉。轮船，码头，海鸥，夕阳，画面感全来了。当时一下就知道，对了。

最后一步，是我的人声录制，以及莫西子诗的和声部分。他的声音有力，集中有内核，而我的声音在中低部分偏多，音质偏散。最担心的就是如何恰当融合，来配合这首情诗的意蕴。

他说，把我的声音放远。你的偏低沉，就放在贴耳，近一些的地方。这样空间感一下就有了。然后，后半部分的第一段副歌我们唱同度和声，而第二段副歌，他唱高八度，且节奏自由。错落感也就有了。

再到最后的最后，男女人声，大提琴，萨克斯，四个声音的哼鸣交织，也就开阔了。

一切都在慢慢地往前推进着，确实是很慢，一点点加上需要的东西，从吉他，到鼓，到大提琴，到萨克斯，到零碎的小乐器，最后才到人声的录制，转眼已经过去了将近一个月的时间。这中间我也没有再和诗人联系。

后来有一日，我发信息告诉他，再等等，曲子就快好了。他说，嗯。我说，是不是等了好久？他说，是啊，以为你作不出来了（笑），可是又不想问你，怕你会有压力。

确实，包括这次虾米寻光计划的专辑出品人，也在问我，是不是可以先把这首歌的小样发来听。我说，不舍得。那种心情就是，不想粗粗地录一下，发过去，不打磨好实在是不甘心。因为对这首作品太爱了。

让他们等了很久，可他们无一不给予耐心，毫无催促。相信，并静静等待。在做好混音，终于定稿后的当晚，我发给了诗人以及几个朋友听。整首曲子 8 分 30 秒，打破了一首歌曲的惯用长度。一位朋友说，听完才发现，原来这么长，可是不知不觉就听完了。

诗人说，感觉已经不是一首歌了，而是外延更大的音乐作品。诗人在重庆，我和他至今还未曾谋面。但他说，什么时候开首发会，我会来。

关于这首歌，后来虾米音乐还给这张专辑做了一份专访稿。里面有一个问题：如果可以，最想怎样虚度时光？

我回答：一个不用计算时间的下午，坐在窗边或者庭院，日光正好，春日迟迟，彼此做自己喜欢的事，或是读书，或是写字，或者就只是闭着眼睛小憩。花在盆里，猫在旁边，不用说话，就很美好。

我喜爱一切不彻底的事物 │ 一生都在半途而废，一生都怀抱热望

我喜爱一切不彻底的事物。

细雨中的日光，春天的冷，

秋千摇碎大风，

堤岸上河水游荡。

总是第二乐章

在半开的房间里盘桓；

有些水果不会腐烂，它们干枯成

轻盈的纪念品。

我喜爱一切不彻底的事物。

琥珀里的时间，微暗的火，

一生都在半途而废，

一生都怀抱热望。

夹竹桃掉落在青草上，

是刚刚醒来的风车；

静止多年的水

轻轻晃动成冰。

我喜欢你忽然捂住我喋喋不休的口，

教我沉默。

这首诗也是长在了我的审美点上。

用词克制而美好。诗意盎然。充满想象。自带节奏。如流水一般，自然而然地让人想读下去。画面一帧接着一帧，停顿也恰到好处。

这首歌的语言又是那么轻盈，那么美。细雨中的日光，就像是看到了电影中的特写镜头，微微细雨之中，闪耀着的那一丝丝金光；春天的冷，准确地写出来春寒料峭时的感受，乍暖还寒时，半开的房间，微暗的火，每一句都细腻地呼应着诗的主题：我所喜爱的，一切不彻底的事物。

不彻底的事物究竟是什么呢？也许就是人生的常态："一生都在半途而废，一生都怀抱热望。"

多么扎心又暖心的一句啊。

至于为什么总是第二乐章，我没有问过诗人张定浩。我不想打破这种想象。

我尤其喜欢诗歌结尾那句，也基本代表了我所喜欢的一种人生态度，"我喜欢你忽然捂住我的口，教我沉默"。

何必喋喋不休？学会沉默，体会不言的美。

春分的夜 | 成千上万的花次第绽放

好美的风景　让我回想起家乡的感觉
仿佛闻到春天的气息　在这春分的夜里
树的枝桠撑满夜空　在这蓝色画布上

成千上万的花　次第绽放

四月将近　雨水刚停

温润的夜里　藏着喜悦的静

灯火阑珊　不见人影

空见一树花　在岁月无声里

　　写这首歌，是2012年开始旅居东京，樱花初绽的夜里。那是第一次感受到岛国四月的夜风，温柔地把人灌醉。

　　还记得那个夜晚，我和刚刚熟悉的几位朋友，相约到中目黑。那里是赏夜樱的名所，临近代官山和惠比寿，街道不宽，房屋低矮，很多书店和咖啡厅，而且整个街道都是并排的樱花树，树冠跨越整个目黑川的两岸。

　　我们举起杯里的清酒，诉说着每日，无论烦恼还是喜悦。记起来郁达夫笔下的名作《春风沉醉的晚上》，对于这几个字眼，似乎到了几十岁的年纪，我才第一次有所感知。回去我拿起了古典吉他，谱下这首曲子，写下这样平白直接的歌词："好美的风景，让我回想起家乡的感觉，仿佛闻到春天的气息，在这春分的夜里。"

　　过了不久，我的日本吉他手好朋友沟吕木奏为这首曲子编了一版好听的古典吉他，他的指法华丽，但又有节制，让整体变得饱满而自然，和弦的走向也在不自觉中带上了一些岛国色彩，干净而忧伤。

　　就像樱花，每一朵并不起眼，但一树的花，一起绽放，一起凋落，都在瞬间，美而悲壮。岛国的美学根基就在这里，看着这盛放时的美丽，却知道它并不会长久，于是剩下的就是永恒不变的无常感。

再后来，过了一年，要把这首歌收入我春天的新专辑。这一次的编曲，我把国内的音乐好友莫西子诗请来，帮我出谋划策。我听过他的专辑《原野》，听到那一首首或是高亢或是忧伤，或是明亮或是低沉，但都是从土地里面生长出来的旋律，被深深感动。《思念》里面"住在我心里，守护在这里"的温柔，《投胎记》里面赶着去投胎的世间万物奔跑跳跃的张扬，所有的浅唱低吟都是最自然和原始的东西。我想有他一定会给曲子带来不一样的色彩，一定会有趣。

于是，我跟他讲，这首歌，是春分，是夜，是刹那绽放的樱花，隐约还有一丝少女萌动的心事。既沉静又生动。

第二天，莫西提来了一个罐子还是花瓶模样的东西来录音室。问他这乐器叫什么名字，他说是 Udu 鼓。记得在李安的电影《少年派的奇幻漂流》里面，最开始的温柔浪漫的动物园场景中，配乐就是这种声音，比这个还要松软有弹性，我不知道该用怎样的拟声词表达，类似如"bong bong（三声）"的声音吧，会让人联想到水里面的水母游泳时的样子，一呼一吸，又像是夏夜里的萤火虫，飞舞跃动。那种感觉会使人想到类似"生机"或者"萌芽"这样的词语，蠢蠢欲动的，草长莺飞、万物复苏，也正是我想要抓住的"春分的夜"里的感觉。

原来的一把古典吉他，表现的是夜的沉静感。有了 Udu 鼓的加入，夜的生动感也有了。

在这个基础上，一次偶然的排练尝试，感觉到排箫的音色好像和 Udu 鼓非常搭配，因为同样都是自然系的乐器，纯净而远离都市，属性是一致的。于是把这个乐器也加入了进来，为《春分的夜》又增加了一些安静的唯美感。再后来，碎碎的串铃加在后面，作为点缀隐约出现，空间感也有了。曲子就这么完整了。

时隔三年，再听这首因为编曲获得新生的旋律，还是能够听到那时候的种种心绪。初到岛国的新奇，异国思乡的味道，以及对未来生活的无限期待。

冲绳民谣 | 山之音 / 川之景 / 让人心生眷恋

朝がくる　清晨到来

鸟が鸣く　鸟儿鸣叫

これがわが家　这里是我的家

川の音　川之音

山の风景　山之景

懐かしくて　让人心生眷恋

恋しいよあの子　那位令我日夜思念的人儿啊

あの子はいない　你究竟在哪里呢

知らずに日がすんでゆく　不知不觉间　日子走远

歌を歌よ　只剩一首歌

这首歌的灵感来源于两年前的夏天，由我的日本音乐朋友溝吕木奏先写出旋律。他使用的是古典吉他，模仿三味线的韵味。后来我为曲填词，带回国内，交由莫西子诗配器编曲。我的直觉是，莫西子诗来自大山，出身少数民族，与冲绳音乐相遇时会碰撞出火花。

听过岛歌的人，一定知道夏川里美这个名字。在冲绳民间故事里面，刚刚诞生的婴儿被看作神的孩子。她的一首《童神》，曲调柔美，令人沉醉，被无数人翻唱。另外一位就是中孝介，他的岛式唱腔令人耳目一新，成功把东方元素融入现代流行曲调，时尚而前卫，为大批年轻人所喜爱。还有我钟爱的一位日本女歌者 Cocco，本人即是冲绳岛出身，音域宽广而自由。

我的这一首，里面设定了一位女主人公，她既歌唱自己的家乡冲绳岛，又诉说着一段遗憾的爱恋。就像是沈从文《边城》的女主人公，带着再也见不到心爱的人的忧伤。青山绿水中、葱茏而浓郁的旧时岁月再也找不回，不免令人伤感。这样的故事，会发生在每一个角落。无论是大陆中原地区里的深山村落，还是大洋彼岸茫茫大海所包围的零星孤岛。

编曲的乐器选择上，除了常见的吉他、大提琴，具有东方美感的元素是：风铃，尺八，三味线，太鼓。

风铃。它是属于夏日的物件。岛上的海风吹过房檐，还没进到屋内，就被风铃捕捉到了，叮当作响。炎热的夏日也因为这清脆的声音，变得凉爽。这也是为什么，古老的日本和室喜欢装饰风铃。乐曲开头只有两声风铃引入，至于时节和场景，由你来想象。

尺八。中国乐器，因一般管长一尺八寸而得名。发源于我国东汉时期，隋唐时期成为主要宫廷乐器，宋代由遣唐使传入日本。然而，由于宋元时期文化断层，在我国早已失传。在日本，尺八却因为它独特的漏气音和不规律性，恰好符合日本禅宗艺术里面"枯淡简素，一期一会"的审美要求，像花道茶道一样，广为流传，并形成了"琴古流""都山流""明暗对山流"等多家流派。

提到漏气音，这是我认为尺八区别于任何一门吹奏乐器，最代表东方式审美的地方。一般的乐器演奏，求的是精准完美。比如笛声，固然悦耳，但它常常太完美。而吹奏尺八的时候，无法避免的漏气声，决定了每次吹奏时候的偶然性，每一次吹奏都是新的，无法重复同样的音律。因此演奏者求的不是精准，而是听从内心，"以心传心，鸣者自鸣"。这便是完全区别于西方严密的审美逻辑要求的，独特的东方式审美。

就像茶道大师千利休所使用的茶器，一定不是白瓷，而是粗釉。唯一的纹样，是釉彩在初初涂抹上后自然流淌出的样子。是啊，真实的生活，怎么会像是那优美的笛声、精致的白瓷一样完美。尺八感人的地方，就是它恰是真实生活的样貌。不完美和缺憾，成就了它的独特韵味。

三味线和太鼓。常常有人会疑惑，三味线和我国的三弦太像了；太鼓和我国的大鼓又有什么区别？是的，他们都是早期源自中国的乐器，后来经过岁月洗礼，细部构造和演奏方式因地域审美差异，变化脱胎成岛国邦乐中的常用乐器。我的直观感受是，三味线在使用上多用岛国声阶，压倒性的 Fa 音和 Si 音的使用。而太鼓咚咚的节奏型直接就来自"祭り"时的样貌。

有关"祭り",虽然汉字是写一个祭祀的祭字,却是日本的传统祝日,是庆贺的日子。我曾工作过的日本设计中心原研哉设计事务所,隔一条街就是著名的银座步行街,满街都是世界名牌旗舰店,却依然可以见到周末举办"祭り"的人群。扛着"御神舆",就是传说中迎接神明到来的轿子,一丝不苟地喊着号子,穿过中央街道。

传统民俗,就这么自然地与现代接轨。

《诗经》里的歌

《诗经》，我因内心深爱，故而迟迟未曾谱曲。

说起来，接触到《诗经》，最早是从什么时候呢？小时候祖母和父亲教我读唐诗三百首，却没有教我读过《诗经》。《诗经》在日常生活中没有唐诗那么普及的原因，我想，其中一个，可能是它的字词有些太古老了，确实拗口。而相较之下，唐诗的音律格外朗朗上口，更适合幼儿启蒙。

上学识字之后，从语文课本里面接触并读到《诗经》里一些片段，比如那首经典的《关雎》。"关关雎鸠，在河之洲，窈窕淑女，君子好逑。"一首唯美的爱情诗，隐约打开了年少的心。

再之后到了中学，电视上广播里偶尔放流行音乐，听到了邓丽君的那首《在水一方》，这首歌就是对《诗经》里《蒹葭》的改编。"蒹葭苍苍，白露为霜，所谓伊人，在水一方。"曲调悠扬，情真意切，温柔至极。

这么说来，《诗经》的代表篇章，比如这两首都是唯美的爱情诗。

大人和小朋友一起诵读的场景下，"鹅鹅鹅，曲项向天歌，白毛浮绿水，红掌拨清波"确实更适合，更童真无瑕。《诗经》里的表达，是成为大人后的那份"童真"。对心上人的爱意表达，对离家丈夫的无限思念，对同袍挚友的深切情谊，是另一种直白和无瑕。

因此孔子在《论语》说："《诗》三百，一言以蔽之，曰：思无邪。"

好一个思无邪，为《诗经》的灵魂完美点题。人类那份本能的情感思念，是纯真无邪的。只可惜，在尽是父母之命媒妁之言，没有婚恋自由的古代社会，《诗经》里的爱情表达确实显得不合时宜。封建社会对人性的禁锢束缚，那些"吃人"的礼教，和《诗经》里的浪漫自由是矛盾的。于是在很长一段历史时间，《诗经》被故意误读，真实的含义被隐藏。但真正读懂其中含义的人一直在，里面的美感从未丢失。

中学之后，面对大学考试的压力，再没有那么娴雅的心境和时间，让我充分体会《诗经》里的无邪之美。但那颗向往美的种子不知道在什么时候已经种下了。等我终于结束了考试生涯，来到北大读书的时候，我重新拾起了这些兴趣爱好，积极参加社团课外活动。每一年面对应届生招新时，有传统的"百团大战"。我选择加入了其中两个学生社团，一个是吉他社，一个是国学社。

乍一听，这两个社团，有点风马牛不相及。甚至是两个极端。吉他贝斯架子鼓这些本来就是现代西方乐器，而国学是几千年前的传统文化汉学经典。这两个社团里的北大人，如果要给他们画像，也特别不一样。喜欢前者的人似乎看起来有点叛逆有点新潮，发型服饰往往个性化，不拘一格。而喜欢研究后者的人，按照社团的习惯，见面会行拱手礼，似乎还有点"迂腐"的学者气息。

但两者我都喜欢。我的身体里好像同时融合着二者，既叛逆又传统。我喜欢现代音乐的浪漫，也喜欢古代东方的浪漫。他们有着本质上的共通。就像吉他社里的氛围，是席地而坐，弹琴"扰民"。国学社也同样是席地而坐，在草地上诵读《诗经》。

那是我的一段非常美好的读书回忆。盛夏，清晨六点半，在室友的熟睡中悄悄起床洗漱。去学五食堂吃热腾腾的冬菜包，再加一颗火腿煎蛋，一碗粥，这是我心中一份完美的北大早餐。七点钟，和国学社的好友，相约在静园草地见面。

草叶清香，挂着露珠，夏天早晨的温度一点也不炎热，正是读书的好时辰。映着美学系古建筑的红墙绿瓦，我们大声读着《诗经》里面那些美妙的句子，"青青子佩，悠悠我思。纵我不往，子宁不来？"

在图书馆里默读和在草地上放声朗读的感觉是不一样的。前者是静静体会，后者是一种抒发。仿佛要把那些年因为考试而来不及细细欣赏的美，好好地刻进骨子里，随着这些字眼自在地穿越一把古今。

在我弹着吉他刚刚开始发现自己顺着和弦可以唱出旋律，也就是可以谱曲之后，把自己的写的一首小诗《晴日共剪窗》唱进了自己的歌。再后来，把《思故乡》这首家喻户晓的唐诗也唱进了歌。这些都是古体诗。而古体诗的源头，追溯起来便是《诗经》。

再后来，我更多接触到现代诗，领略到现代诗的另一种美妙，把很多很多现代诗，国内国外的诗人的作品，都唱进了歌。于是有了《我想和你虚度时光》《早生的铃虫》《然后，我拥抱你》这些专辑。兜兜转转，在做音乐接近第十个年头，我回到经典，重新打开《诗经》，决定完整地做一张专辑，只关于《诗经》。

在《诗经》里面，我最喜欢的部分，是"国风"。我们都知道，《诗经》分为"风、雅、颂"三个部分。"风"就是我喜欢的"国风"。这里面"国风"的含义和现在这个词的意思不同。并不是指大国之风，也不是目前"国风歌曲"里所使用的含义。《诗经》里的"国风"，是地方风情的意思。

在古代，"国"这个词的含义，是地方，是民间。那时候，帝王划分统治区域，国是相比宫廷更小一级的行政划分，也就是各诸侯国。因此《诗经》里的"国风"，大抵是周初至春秋间各诸侯国的民间歌谣。

是的，《诗经》看似是一本诗集，其实是一本"歌集"。"国风"部分都是来自周代十五国地方歌谣。只是因年代久远，乐曲佚失，流传至今只留下了文字的部分。

所以《诗经》本来就是古代的民谣。它是来自个体最真实自然的情感抒发，诞生于或是田间劳作时的片刻休憩，或是独居一室的自语喃喃，或是清凉夜色里的一缕思念，是远古祖先最原始本能的流露，毫无掩饰，动情、忘情。

这些"歌"，既古老，又鲜活。在我看来，《诗经》就是我们民族情感文化的原风景。世界文化大抵如此，鲜活的内容永远不在庙宇，而在民间。因此民族的就是世界的。就像现在各少数民族的服饰、音乐、舞蹈甚至是传统食物，放在国际来看，都是珍贵的文化遗产。

而我们民族的历史文化，漫长复杂曲折跌宕。《诗经》里的祖先们，他们的面貌更像是我们民族的童年或者少年时代，未经教化，未经蹂躏，生机勃勃，纯真烂漫。因此在我眼里的《诗经》，是古老的，又是鲜活无比的。

所以我在谱曲的时候，不想让古老更古老。我不想特意用古风的方式来演绎《诗经》。作为我的第九张独立音乐专辑，我想用属于自己最自然的旋律表达，以现代民谣明快的情感音符，重新演绎古老《诗经》里的质朴、纯真、无邪。

当我在北大读硕士研究生毕业之际，决定不再读博，是发现相比将来成为文化和美的研究者，我更想要成为美的表达者和践行者。而为《诗经》谱曲，便是其中的一次践行。

我选择谱曲的诗歌，全部来源于《诗经》里最鲜活动人的"国风"篇章，依次包括草虫、卷耳、葛生、汉广、木瓜、桃夭、黍离、绿衣、摽有梅。选择这些篇章的原因有三，我结合着这些诗篇来一一说明。

一，我爱植物。只是从名字也可以感知，《诗经》里这些篇章大都是以田园植物来寄托情思。农耕民族亲近土地的 DNA 深刻地写在骨子里，既是生活里的日常，又质朴浪漫。

比如《卷耳》：

采采卷耳，不盈顷筐。嗟我怀人，置彼周行。

陟彼崔嵬，我马虺隤。我姑酌彼金罍，维以不永怀。

陟彼高冈，我马玄黄。我姑酌彼兕觥，维以不永伤。

陟彼砠矣，我马瘏矣，我仆痡矣，云何吁矣。

卷耳，一说就是苍耳，是北方特别常见的一种野草，幼苗古人拿来作为野菜食用。小时候我和小伙伴一起在田地里玩耍的时候，常常被它的种子刺到，不小心就沾满了裤腿衣袖。它的种子是带刺的一种绿色橄榄形小球，特别容易附着在人的衣服或者动物的毛发上，体现出植物界散播种子的一种智慧。

《诗经》里的这首《卷耳》，写的是思念。一位女子在田间采集卷耳幼苗，可是怎么采集都装不满篮子，她想起了自己思念已久却无法相见的人，心里变得乱糟糟。她想象着他在路上，人疲马乏，山高路远，借酒消愁，何其伤怀。

然而即使是这种伤怀的思念，字里行间读起来，却那么古雅风情。很难想象，这是没有读过书，在田间劳作的农妇所能够吟诵出的句子。也会偶尔怀疑，这真的是当时自然采风收集到的民间歌谣吗，不是后来执笔文人所杜撰的吗？不禁感叹，古人比我们现代人着实"得体"多了。

我在谱曲时，没有给这首诗悲伤的曲调，反而选择了一种轻盈，

　　　　　　　　　　　　　夏

也是为了呼应这种"得体"。

再比如《木瓜》：

> 投我以木瓜，报之以琼琚。匪报也，永以为好也。
> 投我以木桃，报之以琼瑶。匪报也，永以为好也。
> 投我以木李，报之以琼玖。匪报也，永以为好也。

这首里面开头这句"投我以木瓜，报之以琼琚"，大家耳熟能详。木瓜，不是现在吃的木瓜，而是古代的一种花名。很有意思的是，我是在日本东京新宿御苑的花园里，第一次见到这种花，当时的标签名字就写着汉字"木瓜"，发音是ぼけ（bo ke）。这是汉文明东渡的又一次细小的展现。

这种花朵颜色不是玫瑰的那种艳红，而是非常雅致的朱红。花瓣是圆圆的，有一点点像梅花，而枝干又非常古朴遒劲，整体搭配有一些古风，但又非常亲切可爱。时常在正月的时候，东京的一些植物店会摆出木瓜花盆景，我曾抱回家一盆，放在室内，充满过年的传统喜庆氛围。

说回《诗经》里的这篇《木瓜》，"你给我一枝木瓜花，我回赠你一块美玉。这不是为了报答，而是想与你永结同好。"不得不感叹，这种情意实在是太有古人的风采了。放在如今快节奏、重利益的浮世，显得那么不真实。

因有对他人情谊的珍视，回赠以远远大于相赠之物价值的物品，把感情看得比物质更高。而如今，我们看似生活在物质丰盛的时代，内心却比古人"贫穷"太多，也冷漠太多。如今那些认为"人与人感情都是虚的、金钱物质才是实在"的现实主义言论，其实是精神贫穷且没有安全感的体现。

再唱这首《木瓜》，我给它舒缓的旋律，只用一把古典吉他伴奏，细腻而安静，就像说话一样唱这首诗歌。这也是我熟悉的娓娓道来的方式。如今所处的时代越是如此，越想接近这些古诗，让自己跳脱出时代的洪流，看看古人是怎么在物质贫瘠的条件下，却优雅地活。

二，我选择这些篇章，是因为里面的自由不拘束。特别是女性自由洒脱、奔放赤诚的表达。那些曾被封建礼教所束缚的女性，大门不出二门不迈，三从四德。可《诗经》中的她们未被缠足，她们直言爱恨。

比如《摽有梅》：

> 摽有梅，其实七兮。求我庶士，迨其吉兮。
> 摽有梅，其实三兮。求我庶士，迨其今兮。
> 摽有梅，顷筐塈之，求我庶士，迨其谓之。

这首小诗，简短明快，而我爱不释手。里面所描绘的，是多么可爱的一位少女形象。梅，就是梅子，青梅。在古代时常栽种在院子里，小儿绕青梅树下，青梅竹马的来历便是如此。这位即将成年的少女，看着梅子树，借喻自己，大胆鼓励年轻男子，快来求爱。

换成现代语言，我想这位女子的内心活动应该是这样的：梅子熟了，纷纷落地，今天去看，树上的果子已经只剩下七分了，我的意中人啊，还不赶紧趁着好日子快出现。梅子熟了，纷纷落地，再去看，已经只剩下三成了，我的心上人啊，你到底在哪呢，时不我待，快趁现在呀。梅子熟了，纷纷落地，等再看，梅子都已经掉光了。哎！我的心上人，还不赶紧来与我相会。

焦虑又可爱的一颗少女心，跃然纸上。就像小小的青梅一样，透着青涩的酸甜。这种大胆的表达，就是《诗经》里美妙的地方。看似是古诗，却一点也不古。

我给了这首诗轻快的三拍子节奏。用俏皮可爱，非常现代的方式来演绎。因为我觉得这颗少女心，从古至今都是一模一样的，从未变过。古代的女子，现代的女子，都曾有过这样的一种心境。这种微妙而动人的情感，是古今相通的。

再比如《桃夭》：

> 桃之夭夭，灼灼其华。之子于归，宜其室家。
> 桃之夭夭，有蕡其实。之子于归，宜其家室。
> 桃之夭夭，其叶蓁蓁。之子于归，宜其家人。

这是一首明快而欢喜的诗。古代女子出嫁那日，美丽发光，如同桃花初绽般美好。那时候还没有出现后来对女子约束的"三从四德"，这里所说的"宜室宜家"，就是一种简单的美好祝福，祝福这个新生的家庭，祝福这位女子开启新阶段的人生。

我给这首诗的旋律色彩也是最明快的。不知道为什么，读这首诗，自然而然就会充满笑意。人生三大喜事，他乡故知，金榜题名，洞房花烛。这三大喜事，不知道什么时候，主语全变成了男性。女子出嫁时候不是喜，反而是哭，是离别和悲伤。这是封建社会不平等的男女地位，导致女性在家庭处于附属位置，没有自主权利造成的。

即使到了今天，这份影响仍在。法国女性主义作家波伏娃，于一百年前写下《第二性》，尖锐地指出，在人类文明历史的很长时间里，不得不承认，女性是依附于男性的第二性。她说，女人不是天生的，而是被社会变成女人，只能够相夫教子，料理家务，清洗尿布，没有接受教育和工作的权利。世界各地频频发生女婴被遗弃的惨案。

而我所理解的女性主义，不是说女性不结婚不生子。而是说，女性可以按照自己的愿望，想结婚生子就结婚生子，不想结婚生子就不结婚生子，没有任何外界的干扰来左右她的内心，一切全凭她自己内心真正的选择。

当一位女子愿意走入婚姻，愿意执子之手与子偕老，值得祝福。当一位女子只想独自潇洒地活，也同样值得祝福。

三，我爱《诗经》，是因为它哀而不伤，始终保持一种优雅。

比如《葛生》：

葛生蒙楚，蔹蔓于野。予美亡此，谁与独处？

葛生蒙棘，蔹蔓于域。予美亡此，谁与独息？

角枕粲兮，锦衾烂兮。予美亡此，谁与独旦？

夏之日，冬之夜。百岁之后，归于其居。

冬之夜，夏之日。百岁之后，归于其室。

这其实是一首悼亡诗。心爱之人已去，墓前爬满荆棘。心中不禁感叹，只剩我一人如何度过漫漫长夜。而我尤其喜欢最后的两句，夏之日，冬之夜，把这两句在歌中反复吟唱。"百岁之后，归于其居。百岁之后，归于其室。"等着我，百年之后，春夏秋冬，与你同眠。

这是如何伤感且浪漫啊。而我没有用同样哀伤的旋律来唱哀伤，也与《诗经》"哀而不伤"保持一致。我常常在谱曲的时候这样去做，之前谱曲李白《思故乡》，用了轻盈的三拍子。不以哀写哀，也不以"古调"来吟唱最古老的《诗经》，这都是我的个人审美和执拗。

比如《黍离》：

彼黍离离，彼稷之苗。行迈靡靡，中心摇摇。

知我者，谓我心忧；不知我者，谓我何求。

悠悠苍天，此何人哉？

彼黍离离，彼稷之穗。行迈靡靡，中心如醉。

知我者，谓我心忧；不知我者，谓我何求。

悠悠苍天，此何人哉？

彼黍离离，彼稷之实。行迈靡靡，中心如噎。

知我者，谓我心忧；不知我者，谓我何求。

悠悠苍天，此何人哉？

这首诗其中两句非常易读，且动人："知我者，谓我心忧；不知我者，谓我何求。"可不就是这样。古往今来知音难觅，悲喜往往并不相通。

而且有趣的是，每次读到这两句，就会想起李白写过的另一句："弃我去者，昨日之日不可留。乱我心者，今日之日多烦忧。"可能是某些字眼以及韵脚太相似了吧，表达的烦闷情感也略有相同。

给这首歌的编曲，在我以往的歌曲风格里是比较少见的。以往我都是极简主义，而这首配置尤其丰富，甚至有一点摇滚风。在我拿到乐队所编初稿的时候，想到许巍歌里编曲的感觉。他的那首《空谷幽兰》，我一直非常喜欢。现代古意融合，有一种仗剑天涯的潇洒劲儿，又如兰花一般干净清雅。一曲终了，悲欣交集。和《诗经》中这首《黍离》亦有相似之处。

以上，写了这么多，会不会让你读起来有些乏味呢？不如就去听歌吧。其实，比起用文字来解释，我更喜欢把音乐作品带给大家。我喜欢不言自明，而音符自己会说话。

才想到，原来我的人生也一直如此。多希望此后人生恰如《诗经》，字字句句来源于生活，却远比生活更美。原来，音乐可以替我说出一切未能开口的诗篇，音乐就是我用无数的生命体验写就的歌谣。

后记

那些青涩的不完美的

从学会第一个和弦开始，写歌唱歌成了我表达情感的一种方式，"安抚自己的内心，也可以安抚他人"。

我不是一个好的表演者。没有接受过专业训练，也没有充分的实战经验，初登舞台时没有更多的动作和肢体语言，只会弹琴和歌唱。然而仅仅是这些最基础的内容，也不时有瑕疵。紧张到跑调、气息不稳，舞台的大射灯使我晕眩。

现在再翻出 2014—2015 年刚上台表演那会儿的演出视频和照片，隔着屏幕都能感受到当时的紧张和捉襟见肘。在几十人的小空间里弹吉他唱歌还算温馨自如，氛围轻松，弹错和弦也可以从头开始。突然舞台变大，与听者的距离拉远了。下面站了数千名观众，一下子便感觉被审视被凝视。责任大了，出错了简直脚趾抠地，却还要佯装淡定地微笑。

一向不服输的完美主义强迫症患者，被自己的一次次不完美所折磨，一次次在舞台上跌跌撞撞，适应着，摸索着。却始终相信，可以靠自己的努力，再贴近完美一些。让文字与音符合二为一，从舞台上流淌至每一颗愿意倾听的心里。

我始终觉得，诗与民谣具有十分相似的特质。在文学领域，诗字数最少，篇幅简短，却又最具深意；在音乐领域，民谣无论在技巧还是配器上往往追求简单，而它的深度在于其冷静的哲思。诗与民谣天然链接。

这一路，音乐带给我的超出预期太多：让我遇到那么多颗温暖的相互倾听的心，也给了我随心生活的自由。这些恩惠让我没有任何理由抱怨。只有让自己变得更好，心更踏实，气息更稳定，舞台更扎实。而支撑这些的土壤，就是以平静和纯粹的心，在颠簸岁月里继续生活和创作。

这十年，我曾将很多诗唱成歌。以诗为歌，是属于我的浪漫理想和自然而然。

有人说，在我的作品里，文学性大于音乐性。我的音乐，更多是为了表达我的美学观。对于自然和四季风物的热爱，对于简素和枯淡之美的偏爱。基于我的美学取向，常常我的作品也会与"文艺"这个词联系起来。然而在当下，这个词变得复杂，变得不合时宜，被过度解读和放大。

在我的理解里，文艺就是文化和艺术，是感性的抒发，是人类区别于动物的标志，是丰富多样的人文精神。毫不犹豫，我认为文艺永远是正面的，值得我们追寻的。对我而言，活着就是去接近这世间珍贵而无用的东西，比如一棵树，一段诗行，一些情感和思想；并将这些传递，用我的歌声或者文字，让人永远相信这些"美"会一直在。

有人说文艺无用，但你可以想象一个没有书籍或音乐的世界吗？文艺和物质，哪个也不能缺。文艺看似无用，可知老庄论道讲无用是为大用，"大音希声，大道无形"；与所爱之人无所事事，这样的共处看似"虚度"时光，其实是多么珍贵。因为这样愿意让我虚度时光的"你"，遇到有多难。

无用和虚度，在审美领域，从来不是消极的词语，而是大智慧。

冈仓天心在《茶之书》里面写道：茶道是一种对"残缺"的崇拜。是在我们都明白不可能完美的生命中，为了成就某种可能的完美，所进行的温柔试探。

我所理解的歌唱和任何门类的艺术创作，都是这么一回事。任何艺术门类，音乐、绘画、建筑、摄影，都只是不同的美学表达方式。

艺术创作本身，就是对不完美生命的温柔试探。

而这也是我的人生态度。一切青涩的不完美的"试探"，都是我对生命旅程和世界的"温柔"。

我想一直这样，无所畏惧地、自由自在地试探下去。

树的枝桠撑满夜空

在这蓝色画布上

成千上万的花　次第绽放

邮差赏遍了

　　从不诉说爱情的花朵

　　　　而我的青春曾经追逐

　　　　　曼妙无常的云朵的脚步

肆意生长

SIYI SHENGZHANG

图书在版编目 (CIP) 数据

肆意生长 / 程璧著 . -- 桂林 : 广西师范大学出版
社 , 2024.4（2024.7 重印）
ISBN 978-7-5598-6826-8

Ⅰ . ①肆… Ⅱ . ①程… Ⅲ . ①散文集－中国－当代
Ⅳ . ① I267

中国国家版本馆 CIP 数据核字 (2024) 第 047403 号

广西师范大学出版社出版发行

广西桂林市五里店路 9 号　邮政编码 : 541004
网址 : http://www.bbtpress.com
出 版 人 : 黄轩庄
责任编辑 : 徐晏雯　张丽娉
内文制作 : 张　佳
装帧设计 : 尚燕平
全国新华书店经销
发行热线 : 010-64284815
北京盛通印刷股份有限公司印刷
北京市经济技术开发区经海三路 18 号　邮政编码 : 100023
开本 : 880mm×1230mm　1/32
印张 : 9　插页 : 8　字数 : 184 千
2024 年 4 月第 1 版　2024 年 7 月第 4 次印刷
定价 : 59.00 元

如发现印装质量问题，影响阅读，请与出版社发行部门联系调换。